季節のない街

シナリオ

宮藤官九郎

原作：山本周五郎「季節のない街」

目次

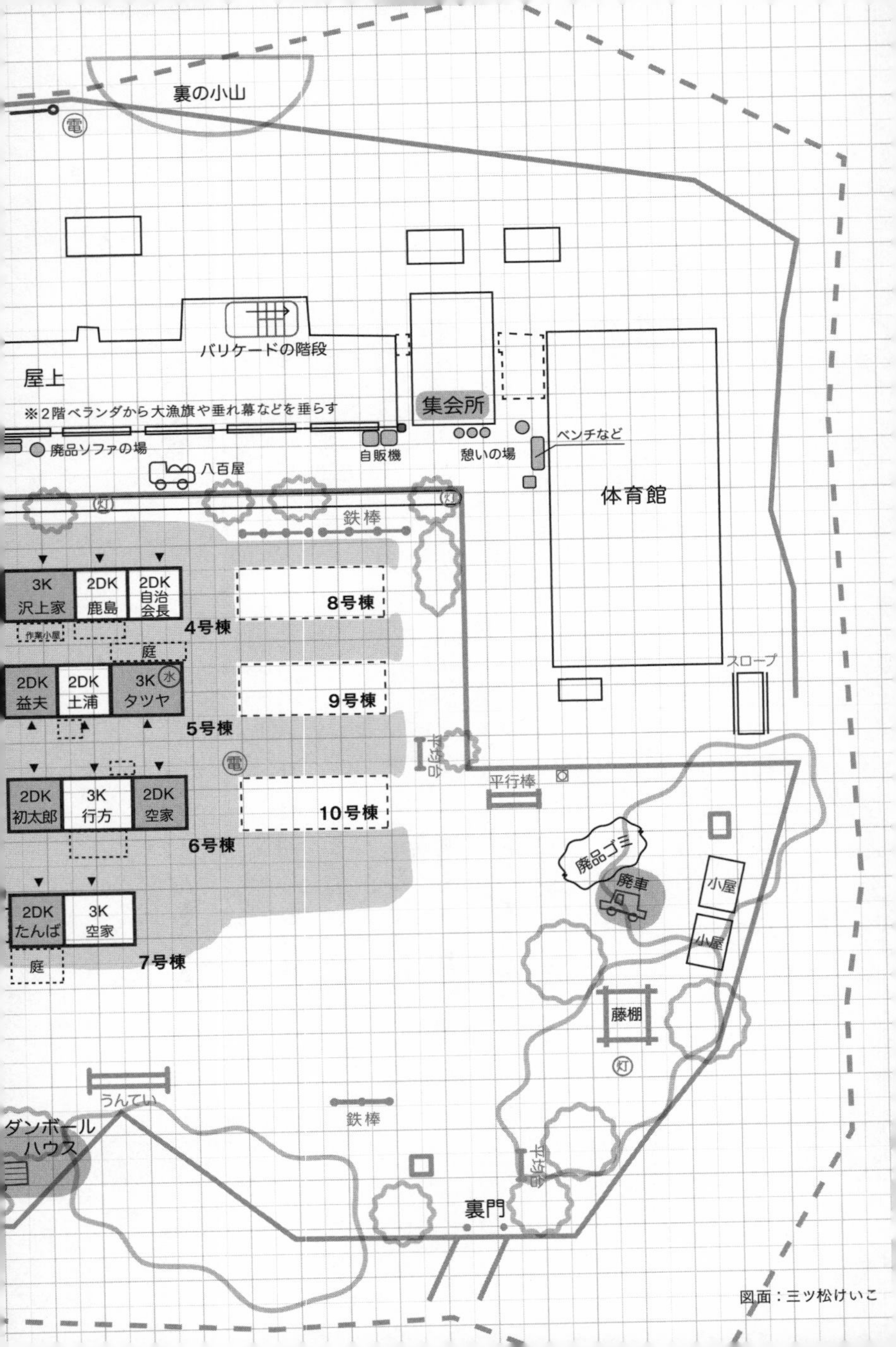
裏の小山
電
バリケードの階段
屋上
※2階ベランダから大漁旗や垂れ幕などを垂らす
集会所
廃品ソファの場
自販機
憩いの場
ベンチなど
八百屋
灯
鉄棒
体育館
3K
沢上家
2DK
鹿島
2DK
自治会長
作業小屋
4号棟
8号棟
庭
2DK
益夫
2DK
土浦
3K
タツヤ
水
9号棟
5号棟
スロープ
平均台
電
平行棒
2DK
初太郎
3K
行方
2DK
空家
10号棟
6号棟
廃品ゴミ
廃車
小屋
小屋
2DK
たんば
3K
空家
7号棟
庭
藤棚
灯
うんてい
鉄棒
ダンボールハウス
平均台
裏門
図面：三ツ松けいこ

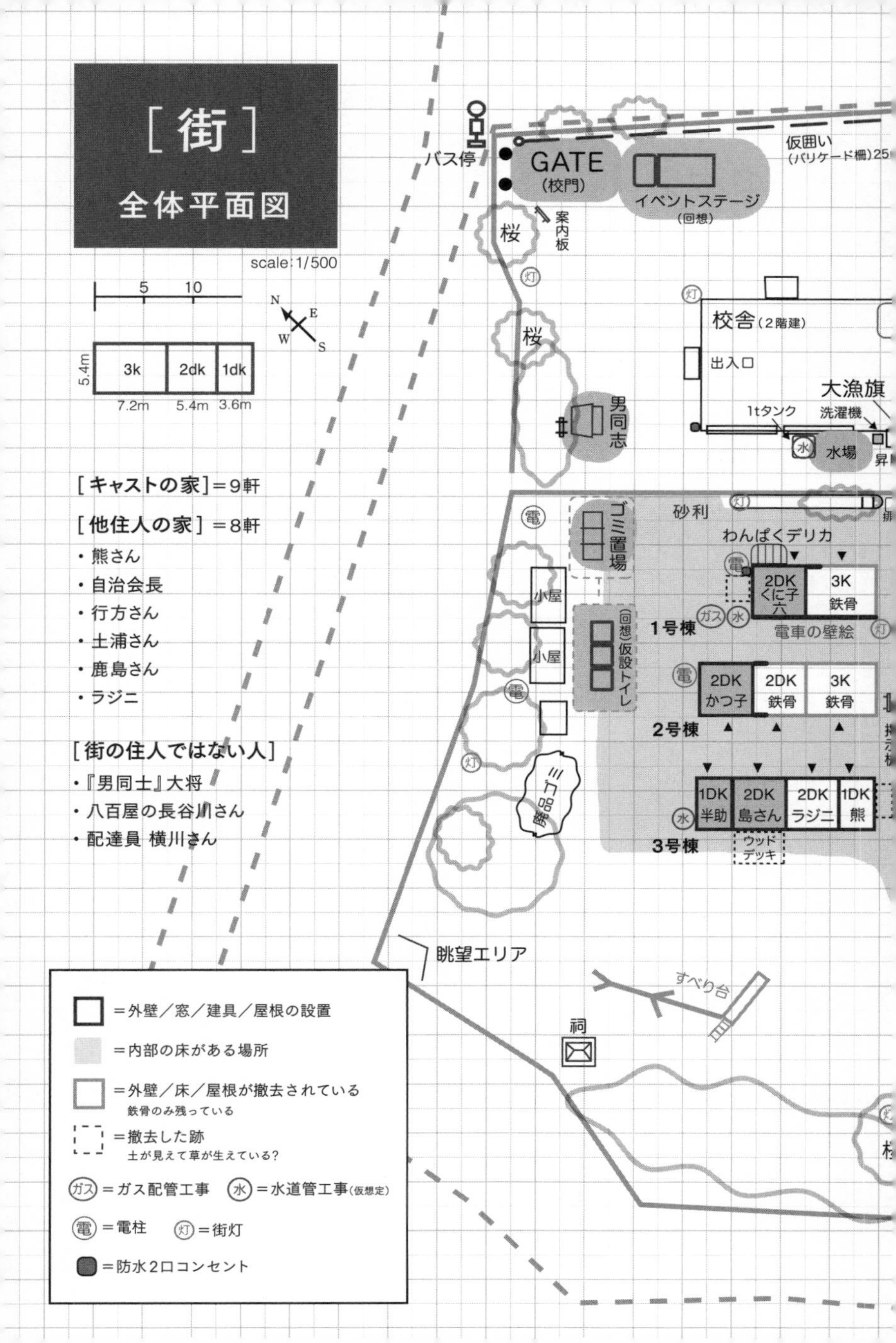

[街]
全体平面図
scale:1/500
5
10
N
E
W
S
3k
2dk
1dk
5.4m
7.2m
5.4m
3.6m
[キャストの家]＝9軒
[他住人の家]＝8軒
・熊さん
・自治会長
・行方さん
・土浦さん
・鹿島さん
・ラジニ
[街の住人ではない人]
・『男同士』大将
・八百屋の長谷川さん
・配達員 横川さん
バス停
GATE
(校門)
イベントステージ
(回想)
仮囲い
(バリケード柵)25
案内板
桜
灯
桜
校舎(2階建)
出入口
大漁旗
1tタンク
洗濯機
水
水場
昇
男同志
電
ゴミ置場
砂利
灯
排
わんぱくデリカ
電
2DK
くに子
六
3K
鉄骨
ガス
水
1号棟
電車の壁絵
灯
小屋
小屋
(回想)仮設トイレ
電
2DK
かつ子
2DK
鉄骨
3K
鉄骨
2号棟
掲示板
電
灯
三ツ刀品館
1DK
半助
2DK
島さん
2DK
ラジニ
1DK
熊
水
3号棟
ウッドデッキ
眺望エリア
すべり台
祠
灯
桜
＝外壁／窓／建具／屋根の設置
＝内部の床がある場所
＝外壁／床／屋根が撤去されている
鉄骨のみ残っている
＝撤去した跡
土が見えて草が生えている?
ガス＝ガス配管工事
水＝水道管工事(仮想定)
電＝電柱
灯＝街灯
＝防水2口コンセント

第1話

街へいく電車

第1話
街へいく電車
監　督　宮藤官九郎

田中 新助（半助）　池松 壮亮
与田 タツヤ　仲野 太賀
オカベ　渡辺 大知
増田 益夫　増子 直純
河口 初太郎　荒川 良々
増田 光代　高橋 メアリージュン
河口 良江　MEGUMI

ホームレス父　又吉 直樹
沢上 みさお　前田 敦子
熊　奥野 瑛太
与田 シンゴ　YOUNG DAIS
行　方　伊藤 修子
土　浦　川面 千晶
鹿　嶋　上田　遥
ホームレス少年　大沢 一菜
沢上 まりこ　興津 苑美
沢上 りか　吉田 萌果
沢上 ツトム　戸井田 竜空
沢上 シロウ　鳥越 一平
沢上 りょうこ　カリマ
リポーターA　藤元 英樹
リポーターB　橋野 純平

リポーターC　瑞生 桜子
カメラマン　岸 健太朗
音声スタッフ　田原 イサヲ
警官（水戸）　中野 英樹
警官（筑波）　上川 周作
六ちゃんの父親　村田 頼俊
少女の父親　内田 周作
迷子の少女　西村 瑞季
くに子　片桐 はいり
たんばさん　ベンガル
三木本　鶴見 辰吾
綿中 かつ子　三浦 透子
六ちゃん　濱田　岳

1　『街』・大通り

遠くで聞こえる電車の走行音。
廃校の校庭に築12年のプレハブが立ち並ぶ集落（猫の見た目）

声「テレビで見たことあるでしょ？　仮設住宅」
声「被災した人が住んでるんスか？」
声「ん～、今は、そうとも限らない……」
プレハブのドアがバン！と開き、ニッカボッカの男（河口初太郎）が転がり出る。続いて妻、河口良江の怒号。
良江「お前なんかもう帰って来んな！　クズ！　酔っ払い！」
声「おーい、トラ！」
初太郎「（泥酔）うるせえバカヤロコノヤロ、俺が酔ってるか酔ってねえか、俺がいちばんわかってんだコノヤロ！　俺を誰だとおもってやがる、俺だぞ！」
太った猫トラ、声の主、田中新助（30）に飛びつく。

雇用主〝ミッキー〟こと三木本、名刺を渡し、
三木本「仕事はリモート、ギャラは電子マネーで振り込みます」
新助「……ひえ、仕事ってなんすか？」
三木本「報告」
新助「なにを？」
三木本「……聞かれた事を（と歩き出す）」
新助「……わっかりましたー（ついていく）」
映し出される『街』の風景。
経年劣化と落書きで、個性的な外観の家屋たち。洗濯物、サドルのない自転車、枯れた鉢植え、猫よけペットボトル。
三木本「共同の水場、料金払えば部屋の水道も使える。コインランドリーね、Ｗｉ－Ｆｉはなぜかあのへんだけ入る」
5号棟、スマホ片手の住民がＷｉ－Ｆｉを傍受している。
三木本「誰か訪ねて来たら、とりあえず無視で。バレたらアウトだから」
新助「……」
視線の先、校舎2階から垂れ下がった大漁旗が風く。

になびいている。

2　『街』の外・ゲートの前

複数のＴＶクルーが街の周辺で収録している。

リポーターＡ　「あの忌まわしい出来事から、12年が過ぎようとしています……ナニの被害で家族を失い、住む家を失った人々は今も……」

3　『街』3号棟・新助のプレハブ（カットバック）

ドアを開けると、ガランとした部屋に布団がひと組。

リポＢ　「ナニから12年、こちらの仮設住宅には、今なお、13世帯が退去することなく生活をしています……」

新　助　「……12年か（寝転んで天井を見つめる）……腹へったな」

リポＣ　「12年をひとつの節目として、国は復興支援の一部打ち切りを……」

開いた状態のＰＣに『報告書』の文字。三木本の名刺。

4　同・電車通り

音声スタッフ　「すいません！　電車の音入っちゃったんで」

左右、違う靴を履いた男の子、シロウがリポーターＢに

シロウ　「お兄さん〝ナニ〟ってなあに？」

5　同・新助のプレハブ・内（カットバック）

電車の走行音、徐々に大きくなる（近づく）。

新　助　「あれ？（起き上がる）」

カメラマン　「あれ？　このへん、電車なんか通ってたっけ」

シロウ　「ねえ『ナニ』ってなあに？」

リポＢ　「あのね、坊やが生まれる前、このあたりで、大きな……」

新　助　「あれ!?（立ち上がる）」

電車の音と思いきや、それは人間の声で、

声　「どでんどでん、どでんどでん、どでんどでん」
リポB「今も行方不明の人や、お家が無くなっちゃった人がいて」
声　「どでんどでーん！　どでんどでーん！　どですかでーん！」
新助「どですかでん……え？　え？　え？　えええ!?」
窓の外、坊主頭の青年が叫びながら全速力で駆け抜ける。
青年「どですかでーん！　どですかでーん！　どでどでどで……どですかでーん！」
動画を撮ろうとドアを開けると、外へ飛び出すトラ。
新助「おい、トラ！」

6　同・大通り

〝運転手〟の六ちゃん、警笛を鳴らし、クルーに突っ込んで行く。
リポB「あ、あの、すいませーん、ちょっと撮影してまして……」
六ちゃん「どけ！」
リポーターを突き飛ばし、スピードを緩めず疾走する六ちゃん。
六ちゃん「どですかでーん！　どですかでーん、っきききー‼」
目の前に飛び出したトラ。六ちゃん、急ブレーキで事故を回避。
六ちゃん「あぶないじゃないか！」
新助「あ、すいません」
六ちゃん「すいませんじゃねえよ！　線路の上なんか歩きやがって！」
新助「（スマホを下ろし）せんろ？」
六ちゃん「線路も知らねえ、この田舎者が！　名前は」
新助「……田中です、田中新助」
六ちゃん「なにが新助だ、半ズボンめ、お前なんか半助だ、どけ！　半ズボンの半助（急に駅員口調で）エ、エ、只今、エ、センサーが異常を察知したため、エ、緊急停車致しました。気をつけろ！　バカ！　……エ、この電車は各駅停車エ旭町行きです、発車致しまぁす」

いつの間にか、警備員の制服姿のタツヤ（26）がいて、

タツヤ「六ちゃんだよ」

新　助「誰すか？」

タツヤ「この街の有名人、電車バカの六ちゃん」
子どもたちが「ばーかばーか、電車バカ！」と囃し立てる。

新　助「じゃなくて、おたく誰すか？」

タツヤ「まあまあ半助、堅い挨拶はいいから半助」
スマホにミッキーからＬＩＮＥ『なんか変わったことない？』

タツヤ「タツヤ、与田タツヤ、そこ俺ん家、Ｗｉ－Ｆｉ繋がるっしょ」
『電車が走ってます』と返す半助。
『なにそれ ｗｗｗ』とすぐさま返って来る。

タツヤ「いきなりだけど青年部入らない？」
半助、スマホで撮った六ちゃんの動画を貼りつけて送る。

タツヤ「活気ないのよ、年寄りばっかでさあ。昔は炊き出しとか慰問とか来てたんだけどね、見てこれ、ＡＫＢの誰かのサイン」
着古したＴシャツの、薄くなったサインを見せるタツヤ。
イルカの鳴き声。

タツヤ「ここ家賃タダじゃん」

新　助「（スマホ見て）……マジか」
半助のスマホに電子マネーで1万円が振り込まれ、

タツヤ「知らなかった？　その代わり月収12万超えたら出てかなきゃなんないの。だから外国人とか前科者とかが勝手に住んでて……ねえ聞いてる？」

新　助「聞いてない、トラ？　トラぁ？」

7　同・1号棟・わんぱくデリカ・前

店先に並んでいるアジフライにかじりつくトラ。

くに子「あ、こら！」
トラ、逃げるついでに、容器ごとハムカツを地面にぶちまける。

くに子「あ、あ、あああっ」

半　助「……弁償します」

くに子「あんたの猫？」

半　助「はい、あの……電子マネーで」
タツヤ「使えるわけねえよ。いくら？」
再び「どですかでーん」という声が近づいて来る。
六ちゃん「きき一っ！　どうした母ちゃん！」
悲しげな顔で落ちたハムカツを拾うくに子。
六ちゃん「またお前か！　あーあーあー、何してくれてんだよ半助！」
くに子「もういいから、帰んなさい」
プレハブの中に引っ込むくに子。
六ちゃん「よくないよ母ちゃん！　エこの電車は車庫に入ります、エどなた様もご乗車できません、エェ車庫入りまぁす……待ってよ母ちゃん！」

8　同・六ちゃんとくに子の住まい

壁じゅう電車の絵が描いてある店内で、コロッケを揚げるくに子。
六ちゃん「（追って来て）母ちゃん、どうしたの母ちゃん」
くに子「どうもしないよ」
六ちゃん「だったらどうしてそんな顔するの？　泣いてる？　泣いてるの？」
くに子「泣いてないよ、熱いんだよ油が（手拭いで顔を拭い）」
六ちゃん「何がそんなに心配なんだよ、大丈夫だって、俺がついてるんだから」
半助の声「六ちゃんは市電の運転手だ」

9　同・半助のプレハブ・内（夜）

パソコンで『報告書』を書く半助。
半　助「といっても、それはレールも架線もなく、また車体さえもない」

10　同・六ちゃんとくに子の住まい（日替わり）

六ちゃん「あ、帽子」
くに子「うん？」
と、見えない帽子を渡す。
玄関先で手袋をして、帽子を被る六ちゃん。
六ちゃん「ほんじゃ、行って来るよ」
くに子「ほら、ひとつ食べて行きな」

半助の声　「つまりその市電は、六ちゃんという運転手と、手袋、いくらかの備品を除いて、客観的には架空のものだ」
揚げたてのコロッケを、ハフハフと食べる六ちゃん。
六ちゃん　「お、ほほ、おいひい」
くに子　「ひとりで街の外に出ちゃダメだよ、ね？　約束ね？」

11　同・水場〜大通り

半助の声　「そんな六ちゃんを街の人々は気にも止めない」
ポリタンクに水を汲んだり、野菜を洗ったりする主婦たち。
その横を「どでどでどで……」駆け抜ける六ちゃん。
半助の声　「まるで無関心、彼らにとっては見慣れた風景、いや、見えているかも疑わしい」
イルカのマークの紙袋を両手に提げ、俯いて歩く綿中かつ子。
良江と増田光代が露店の八百屋で大根を値切っている。
シロウの母、沢上みさおがベビーカーを押して通りかかる。
ホームレスの親子がシケモクを拾い集めている。
乱暴者の熊が、自販機に蹴りを入れている。
初太郎と増田益夫、へべれけに酔いつつ自然とよける。
六ちゃん　「どですかでーん、どですかでーん」
半助の声　「六ちゃんにもまた、彼らの姿は見えない。ごく一部の者を除いて」
六ちゃん　「ききーっ！　たんばさーん！」
街の長老、たんば老人、立ち止まる。
たんば　「おお、六ちゃん、お母さん達者かい？」
六ちゃん　「朝晩、仏さまに手ぇ合わせて信心してるよ」
たんば　「そりゃ難儀だねえ、おくにさんも」
六ちゃん　「心配ないって、俺がついてるから！」
たんば　「ん、そりゃあそうだ、なんせ市電の車掌だもんな」
六ちゃん　「運転手だよ！」

12　同・半助のプレハブ

半助「つまり、六ちゃんの姿が見えない人は、六ちゃんからも見えてない……」

ドンドンとドアを叩く音。

声「ごめんくださーい、リカーショップオカベですー」

報告書を閉じ、メールで送信する半助。

声「ミッキー様から食料品とお酒の差入れ、お届けにあがりました」

半助「マジ!?」

ドアを開けると、酒屋の配達員オカベとタツヤ。

タツヤ「どもどもどもども（と強引に入り）……うわ、案の定なにもねえ～」

半助「なんなんだよ、おい、出てけよ！」

タツヤ「冷蔵庫拾って来た、まだ使えっから、こいつ青年部のオカベ」

オカベ、ビニール袋2つ分の食料品を床に置いて、

オカベ「4126円になりますー」

半助「着払い？　電子マネーしかねえよ」

オカベ「使えますよー」

と、バーコードリーダーを出す。しぶしぶ精算する半助。

タツヤ「あれ？　猫は？」

半助「俺が仕事始めると勝手に出て行く」

タツヤ「仕事ってなに？（発泡酒を勝手に開け）物書き？　作家？」

半助「……ああ、まあ、そんな感じかな」

オカベ「すごいですね」

タツヤ「すごいヤツは、こんなとこ住まないっしょ」

イルカの鳴き声。三木本から電子マネーが1万円分、振り込まれる。

オカベ「どこにいたんですか？」

半助「ここ来る前？　いろんなとこ」

オカベ「東京とか？」

半助「東京にもいたね、3年ぐらい」

オカベ「すごいですね」

タツヤ「オカべっち『すごいですね』早すぎ」

オカベ「あ、ごめんごめん（笑）」

タツヤ「話終わっちゃうじゃん、もっと掘り下げたいのにさ、センスねえなあ」

半　助「掘ってもなんも出てこないけど」
タツヤ「なんで、このタイミングでここ来たの?」
半　助「なんで?」
タツヤ「被災者しか住んじゃいけないことになってんだけど、一応」
オカベ「(反応見て)や、疑ってるわけじゃないんです、ね?　たっちゃんは、青年部のリーダーだから、こないだもね?　犯罪集団が棲みついてたんです、隣の部屋、振り込め詐欺のアジトになってて……」
半　助「審査通ったからだよ」
タツヤ「……被災者?」
半　助「家全壊、母ちゃん死んで親父と爺ちゃんと兄貴が行方不明」
タツヤ「……ここじゃん」
オカベ「え?　……あ、すごいですね」

13　同・六ちゃんの住まい・居間(夜)

仏壇に線香をあげ、小さな団扇太鼓を叩くくに子。
くに子「……南無妙法蓮華経〜南無妙法蓮華経〜」
六ちゃん、くに子の斜め後ろに座り、
六ちゃん「なんみょーれんぎょーなんみょーれんぎょー」
くに子「……」
六ちゃん「(深々と頭を下げ)おそっさま、毎度のことですが、母ちゃんの頭が、どうか良くなりますように、お願いします。父ちゃん、俺が留守の間、母ちゃんを、よろしく頼むな…なんみょーれんぎょーなんみょーれんぎょー」

14　リカーショップオカベ・前(夜)

店の前に立っているホームレスの少年。
オカベが、おにぎりやパンの入ったカゴを少年の前に置く。
少　年「まだ12時前だよ」
オカベ「いいって、どうせ売れないから」
持参したクーラーケースに、おにぎりやパンを入れる少年。

15 『街』・六ちゃんの住まい・外（日替わり・朝）

六ちゃん、工具箱を手に出て来て、大きく伸びをする。

六ちゃん 「さあて、いっちょやるか！」

工具箱を開けると、爪切り、栓抜き、醤油の瓶が入ってる。

六ちゃん 「ペンチ、スパナ、油差し、良し、朝の点検、始め」

六ちゃん、自分にしか見えてない車体を丹念にチェック。ボディを叩き、屈んで車体の下を覗いて、

六ちゃん 「しゃあねえな、整備のやつ、いい加減な仕事しやがって」

と、ペンチ（爪切り）とスパナ（栓抜き）でボルトを締め

六ちゃん 「コイツも古いからな、ヤツらに言ってもしゃあねえか」

連結部に醤油の瓶で油を差す。

その一部始終を、ひとりの少女が、じっと見ていた。

六ちゃん 「……なに？」

少　女 「乗せてください」

有名私立小学校の制服。膝小僧を怪我して、血がたれている。

少　女 「自転車、パンクしちゃって」

六ちゃん 「……どこまで？」

少　女 「駅まで……ムリですか？」

六ちゃん 「ムリじゃないけど」

16 同・ゲートの前

少女をおんぶした六ちゃん。

六ちゃん 「エ発車しまぁす、閉まるドアにご注意ください、ドア閉まりまぁす」

少　女 「……どうしたの？」

六ちゃん 「一人で街から出ちゃダメって、母ちゃんに言われてるの」

少　女 「一人じゃないけど」

深呼吸、境界線を「えい」と越える六ちゃん。

六ちゃん 「（えも言われぬ解放感）」

右手でハンドル、左手で制動機を握る手を緩める六

ちゃん。

六ちゃん　「どでん……どでん……どでん…どでん…」

動き出す六ちゃんの電車、ローからセコに切り替え加速する。

六ちゃん　「どでんどでん、どでんどでん、どですかでん！（坂を下る）」

17　リカーショップオカベ

少女を背負って店の前を走り去る六ちゃん。

六ちゃん　「どですかで――ん！　どですかで――ん！」

オカベ　「ん？」

18　湖のほとりの道

少女を背負って走る六ちゃん。

六ちゃん　「どですかでーん！　どですかでーん！　どでどでどで！　ぱ――っ！」

19　踏切近く

少　女　「そこ右です」

調子づいてどんどん加速する六ちゃんの電車。

六ちゃん　「どですかで――ん！　ガガンガン、どですかで――ん！　ガガンガン」

少　女　「踏切！」

六ちゃん　「ききき――――っ！（急ブレーキ）」

警報器が鳴り、遮断機が下りる。

六ちゃん　「……………」

少　女　「下ります、ここで結構です（背中から下りる）」

六ちゃん　「……来た！（思わず目を見張る）」

右側から、やや遅れて左からも電車が来る。

六ちゃん　「え、こっちも!?（どっちを見ていいかわからずキョロキョロ）」

走行音大きくなり、六ちゃんの目の前で交差する列車。

六ちゃん　「……（圧倒され、放心状態）」

遮断機が上がり、少女は走って線路を渡る。

少　女　「（渡り終え振り返り）ありがとう、助かりました」

六ちゃん　「……………」

20 『街』・わんぱくデリカ・前

店の前に座り、トラと話し込む六ちゃん。

六ちゃん 「見たよ、電車。どうって……別にどうってことなかったよ。ブレーキの音がうるさかったな、油差さなきゃダメだ」

くに子 「お帰り、早かったね」

六ちゃん 「……今日は運休……そんな日もあるさ（と中へ）」

21 同・3号棟・半助の家・前（夕方）

アジフライを食べているトラを見つけ、

半助 「トラ！　またお前は……泥棒なんだぞ、これ、泥棒猫だぞ！（アジフライを取り上げ）ダメ！　こんなとこで借り作りたくないんだよ」

22 同・わんぱくデリカ・前（夕）

パトカーが大通りに駐まっている。

半助 「え？」

激しい物音がして、六ちゃんが飛び出してくる。

警官が3人追って来て、六ちゃんを拘束し、地べたに押しつける。

くに子 「なんですか？　六ちゃん、何したんですか!?」

警官・水戸 「誘拐です、強制わいせつの疑いもある」

半助 「………」

くに子 「……六ちゃん」

六ちゃん、パニックに陥り、言葉にならない叫び声をあげる。

水戸 「お母さんも一緒に来てくれます？」

警官・筑波 「捜索願いが出てるの、娘が昨日から帰って来ないって」

初太郎 「そらぁ、何かの間違いだぜ」

騒ぎを聞きつけやって来た初太郎、益夫両夫妻、主婦ら。

初太郎 「女房の話じゃ今朝もいつも通り、どですかでんって聞こえたってよ」

筑波 「ドライブレコーダーに映ってんだよねー、女の子おんぶして走ってる姿」

タツヤ　「何時ごろですか?」
筑　波　「何時?　ああ……今朝の8時か9時」
良　江　「8時にはもう六ちゃん走ってたよ、どですかでんつて、ねえ光ちゃん」
光　代　「ウチの人、毎朝、六のどですかでんで起こされんの」
益　夫　「おう、目覚まし代わりよ」
筑　波　「いや、でもドライブレコーダーに…」
タツヤ　「9時きっかりに、水場んとこですれ違いました」
主婦・行方　「私も見たわよ!　どどすこすこすこ」
一　同　「(口々に) どですかでんだよ」
益　夫　「つーわけで、残念ながら完全な人違いだ」
筑　波　「いや、でもドライブレコーダーにね」
初太郎　「てめえはドライブレコーダーと兄貴の話、どっち信じるんだよ!」
筑　波　「ドライブレコーダーです」
たんば老人、通りかかり、
主婦・鹿嶋　「たんばさん、いいとこ来た、今日、六ちゃんに会った?」
たんば　「会ったも何も、家で将棋指したよ、なあ」

六ちゃん　「………」
たんば　「いい勝負だったよ。(半助に) アンタんとこの猫も一緒だったから、聞いてみるといい」
主婦・土浦　「どうやって猫に聞くのよ (笑)」
水　戸　「おたくも、この街の人?」
図らずも、注目を浴びる半助。
半　助　「……はい?」
筑　波　「どうなの、見たの?　見てないよな?」
半　助　「あー……ちょっと、待ってください (とスマホを開いて) 7時28分発の内回りの電車が家の前を通ったのが朝7時40分、8時10分に折り返し外回り、8時40分内回りと、9時10分外回り、30分おきに家の前を通過してます。1時間の昼休憩を挟んで、午後は南北に、1時12分発の南行き、折り返し1時50分発の北行き」
初太郎　「……西村京太郎か?」
水　戸　「なんなの、なんでそんなに詳しいの?」
半　助　「……ファンなんで、彼の」
くに子　「………」
オカベ　「お話中すいません、お巡りさーん」

デリカのあたりに中年男性が、決まり悪そうに立っている。

父親の背中から、少女が顔を出す。

男性「すいません、娘、帰って来ました」

六ちゃん「………」

男性「塾をズル休みしたので叱ったら、自転車で家飛び出して、な？　ここで夜を明かしたそうです」

少女「朝、あの子にコンビニのおにぎりもらって」

ホームレスの少年を指差す、注目され、走って逃げる少年。

少女「（六ちゃん指し）あの人に、駅まで送ってもらいました」

六ちゃん「……ごめん、母ちゃん」

筑波「ほらあ！　だからドライブレコーダーに……」

初太郎「（遮り）なんだ、つまんね、解決しちゃったよ」

益夫「男同士で飲み直そうぜ、初っつぁん」

興味を失ったように三々五々、去って行く街の人々。

くに子「（泣きながら頭を下げ）すみません……お騒がせして、すみません」

23 同・ゲート付近

去って行くパトカー、熊が物影から現れ、

熊「……行った？　行ったな（安堵し）ふ〜焦ったぁ、なんか俺のこと聞かれなかったか？　なあ、おめえら、余計なこと喋ってねえだろうな！」

自転車を車のトランクに積んで、ロープで固定する少女と六ちゃん。

少女「ありがと、運転手さん」

六ちゃん「………（照れながら、素早く敬礼で応える）」

去って行く車を見送る六ちゃん。

24 同・わんぱくデリカ前

くに子「これ、持ってって」

半助、コロッケ、アジフライ、ハムカツを手渡され、

半助「……いやいや俺は、話合わせただけだから」

くに子　「ありがとうね、ほら、六ちゃんも」
六ちゃん　「（後に続きながら）頭なんか下げなくていいのに、こんなヤツ」
くに子　「これからも、見ててね、六ちゃんのこと、見ててね（去る）」
半　助　「……こちらこそ。トラがいつも、すいません」
半　助　「……また借りが増えちゃったな」
タツヤ　「じゃあ俺たち青年部で、半ちゃんの、歓迎会やっちゃう!?」
オカベ　「あ、かっちゃん！」
タツヤ　「おい！」
風呂桶を抱え、俯きがちに歩くかつ子、びくん！と立ち止まる。
オカベ　「どこ行くの？　かっちゃん、お風呂？　寒くない？　そんな薄着で、湯冷めしちゃうよ」
かつ子　「………」
オカベ　「歓迎会やるんだ、青年部の新メンバー、紹介するよ」
かつ子　「………」
オカベ　「かっちゃん、また痩せたんじゃない？　ちゃんと寝てる？　食べてる？」
かつ子　「………（泣きそう）」
オカベ　「にらめっこしようか、せーの、おっかんべえ～～!!」
かつ子　「………（泣き出す）」
オカベ　「ああっ、ごめん！　笑うと、免疫力上がるって、ラジオで誰かが言ってたから……これあげる、唐揚げ棒、美味しいよ、ゆで卵も、これもこれも」
と、桶にどんどん食べ物を入れる。
タツヤの声　「おかべっち！」
オカベ　「呼ばれちゃった、あはは、じゃあね、お風呂楽しんで、ごゆっくり」

25　同・校舎の屋上（夜）

廃棄品のテーブルに発泡酒や惣菜を並べ、酒宴。
半　助　「青年部って、ひょっとして2人だけ？」
オカベ　「半助くん入れて、３人」
タツヤ　「今日の一件で、みんな、あんたを認識したよ」
半　助　「……具体的に何すんの？　仮設じゃん、いずれ出て行くわけでしょ、みんな、国も援助ストップするとか言ってるし」

オカベ　「そろそろ発表しちゃう？　たっちゃんの計画」

タツヤ　「俺たち青年部は、ここに、カフェを作る！」

半　助　「……カフェ（笑）」

タツヤ　「鼻で笑われた」

半　助　「いやだって、カフェいる？　ここ、カフェって感じの人いる？」

タツヤ　「カフェつーか、サロンかな、若者が集う」

半　助　「カフェなの？　サロンなの？」

タツヤ　「アトリエかな、オブジェとか絵とか飾って、メモリアルパーク的な……」

オカベ　「俺はダーツができれば、なんでも」

半　助　「え、なにが作りたいの？」

タツヤ　「いいんだよ、なんでも、ここにないものを作りたいの！　食って寝る以外の場所！　なんかこう、自然に人が集まってさ、悩みを打ち明けたりさ……」

半　助　「俺はいいや、そういうの、頑張ってください（立ち去る）」

タツヤ　「………」

26

同・半助のプレハブ

だるそうに入って来て倒れ込む半助。

半　助　「………」

パソコンのスクリーンセーバー。船の上での記念撮影。

両親、祖父、兄と半助、まぶしい笑顔。背後で、大漁旗が風になびいている（校舎に吊されているもの）。

27

同・六ちゃんの住まい・居間（日替わり・早朝）

六ちゃん、囁くように仏壇に話しかける。

六ちゃん　「……おそっさま、もう飽き飽きしてるでしょうが、どうか母ちゃんの頭がしっかりするように……たんばさんも心配してます……母ちゃんが、まともになりますように」

くに子　「（起きて）どうしたの？　六ちゃん」

六ちゃん　「なんでもない（チンと鳴らし手を合わせ）母ちゃんは気にしなくていいんだ、気にするの

がいちばん頭に毒なんだからな」

28 同・校舎・屋上

ソファで寝落ちしているタツヤ。

六ちゃんの声 「どでどでどでどですかで――ん」

目の前に立っている全身迷彩柄の屈強そうな男、シンゴ。

独特な髪型、首筋のタトゥーをヘッドホンで隠している。

タツヤ 「!?（飛び起きる）」

シンゴ 「タツヤ久しぶり」

タツヤ 「……兄さん」

つづく

第1話「街へいく電車」監督解説

宮藤官九郎

黒澤明監督作品の中で『どですかでん』がいちばん好きで、その原作小説『季節のない街』に20歳で出会い、そこから演劇を始めました。今まで、まちがいなく最も多く観た映画で、事あるごとに原作と読み比べていました。今やるならば、戦後のバラックはどう表現する?配役はどうする?といった妄想が今回、日の目を見ることになり、夢のような2ヶ月半でした。

舞台は、震災後の仮設住宅に設定しました。外から入ってくる人物である半助を主人公に、彼を含む3人の若者の群像劇にしようと。1話完結だけど、全10話にわたり、共同体が終焉に向かう物語にしよう、と徐々に具体的な形が見えてきました。横浜聡子さんに3本、渡辺直樹さんに2本監督してもらって、残りの5本を演出しました。両監督も素晴らしい仕上がりで、3人の関係も良好だったと僕は勝手に思っています。

原作は短編集で第1章が「街へいく電車」なので、ドラマの1話目も同じにしました。やっぱり六ちゃんから始めたかった。一目で『どですかでん』の世界とわかるので。彼が女の子をおんぶして走るくだりで、仮設住宅と外の世界の境界線も描ける。外で本物の電車を見てしまった六ちゃんが、圧倒されて急に恥ずかしくなるというのは原作にはない展開です。さらに誘拐を疑われた六ちゃんを半助がかばうあたり、『どですかでん』好きからするとイジりすぎてる印象かもしれませんが、原作を自分なりに咀嚼して、その精神を受け継いでリライトしたつもりです。

原作モノをアレンジする時の脳と、オリジナルでゼロから作る時の脳は、自分の中では全然違う感覚です。原作モノは人の作ったモノを、その人の脳みそを借りて、あたかも自分が作ったもののように世に出さなくてはいけない。オリジナルとは違う回路です。

今回は30年も前から好きで観返している作品なので、もう原作なのか自分のものなのかわからなくなってきている感覚もありましたが。

冒頭の六ちゃん登場シーンをはじめ、重要な場面は絵コンテを描きました。自分自身が必要でしたから。僕は現場に行くと役者の芝居ばかり観て画のことを考えられなくなるので、予めコンテがあった方がスタッフに説明しやすい。

濱田岳くんの配役は自分でも、うまく映画をトレースできたなと思います。

『どですかでん』は群像劇なので、前のエピソードでメインだった人が次のエピソードでも脇でちゃんと存在している。逆に脇だった人が後でメインにもなる。ずっと俳優を拘束して撮ったんですかね?

黒澤組だから成立するんだろうなぁ。のちにロバート・アルトマンの『ショート・カッツ』やP・T・アンダーソンの『マグノリア』を観た時「これ『どですかでん』じゃん」と思いました。だから僕も1話で全員を紹介したいと思って強引に入れ込みました。皆さんを何度も呼んで拘束して。申し訳なかったです。

第2話 親おもい

第2話

親おもい

監督　宮藤官九郎

田中 新助（半助）　池松 壮亮
与田 タツヤ　仲野 太賀
オカベ　渡辺 大知
増田 益夫　増子 直純
河口 初太郎　荒川 良々
増田 光代　高橋 メアリージュン
ホームレス父　又吉 直樹
沢上 みさお　前田 敦子

熊　奥野 瑛太
与田 シンゴ　YOUNG DAIS
行方　伊藤 修子
土浦　川面 千晶
鹿嶋　上田 遥
自治会長　小宮 孝泰
長谷川　松浦 祐也
アキオ　戌井 昭人
ホームレス少年　大沢 一菜
沢上 まりこ　興津 苑美
沢上 りか　吉田 萌果
沢上 ツトム　戸井田 竜空
与田 アカネ　高松 咲希
与田 リュウ　嶋田 鉄太
朝倉 竜次　松崎 謙二

警官（筑波）　上川 周作
シンゴの担当医　永滝 元太郎
舎弟A　室田 真宏
舎弟B　鈴木 こうすけ
高校生シンゴ　蒼井 旬
中学生タツヤ　番家 一路
与田 しのぶ　坂井 真紀
たんばさん　ベンガル
三木本　鶴見 辰吾
綿中 かつ子　三浦 透子
六ちゃん　濱田 岳

1　『街』・3号棟・半助の部屋

半助の声　「この街で見たもの、聞いた話を、雇用主のミッキーさんに報告するだけで、最大1万円もらえる……筈だったが」

声　「半助さんいますかあ？」

ドアを開けると、飛び出して行くトラ。

八百屋の店主、長谷川が白菜を3玉抱え立っている。

長谷川　「三木本さんからお届けものでーす」

2　宮下銀座のアーケード付近

三木本、ハンズフリー通話で、

三木本　「毎回、1万払ってたら破産だよ、ばーか」

半助の声　「せめて生で食えるヤツにしてよ、料理出来ないんだから……」

三木本　「いいから、リアルなヤツ書けよ！　仮設住宅のリアルをよ」

3　『街』・たんばさんの住まい

他のプレハブとは違い、純和風にリフォームされた室内。

将棋盤を挟んで対峙するタツヤとたんばさん。

たんば　「(タツヤの手に) それじゃだめだね、私はこの桂馬をハネたんだ」

タツヤ　「……そかそかそかそか、じゃあ～」

たんば　「そこは角が当たってるよ」

タツヤ　「あ、ほんとだ、じゃあ」

たんば　「そこは飛車が利いてるね」

タツヤ　「………」

たんばさん、窓を開けると、半助が白菜3玉抱えてウロついている。

半　助　「……あ、あ、あのお、これー、よかったら、おひとつ……」

たんば　「いいところへ来た、少し代わってくれ、病院行く時間なんでね」

中を覗くとタツヤが将棋盤を睨んでいる。

半　助　「え？　でも、俺、将棋よくわかんないし……」

タツヤ「兄貴のやつが帰って来たんだ」

×　×　×

フラッシュ（回想・1話ラスト）校舎・屋上

シンゴ「タツヤ久しぶり」

タツヤ「……兄さん」

×　×　×

タツヤ「ナニの前は、家族4人で暮らしてたんだよ」

と、スマホで家族写真を見せる。

母しのぶ、父やすお、タツヤ（10）シンゴ（15）

半　助「………（スマホを取り出す）」

タツヤ「この頃が、いちばん幸せだったかもな。親父はナニで死んじゃって……母子家庭で頼る人もいなくて、ここ来るしかなかったんだ」

4　同・ゲート付近（回想・12年前）

ボランティアの炊き出しで賑わっている。

不安気な表情で隅っこに佇む中学生のタツヤと母しのぶ。

アキオ「与田さん、そんな所に立ってないで、お腹空いたでしょ、紹介しますよ」

青年部のアキオ、被災者の輪にタツヤとしのぶを導く。

タツヤ（OFF）「青年部のアキオさん、すごい良い人でさ」

アキオ「はいみなさーん！　こちら5号棟に越してきた与田さん！」

だが、シンゴは塞ぎ込んでケータイいじってる。

タツヤ（OFF）「結局、兄貴はここに馴染めなくて家出しちゃって。母さん、アキオさんと再婚したんだ……」

5　同・タツヤの住まい・庭（回想・8年前の夏）

縁側に座り、タツヤ（18）と将棋を指すアキオ。

妹アカネ（3）と出かけて行く身重の母しのぶ。

タツヤ（OFF）「すぐに妹が生まれて、けどアキオさん、むしろ俺のこと、気にかけてくれてさ……本当の父ちゃんみたいに」

アキオ「（盤を睨んだまま）タツヤ、お前、大学受けろよ」

タツヤ「（嬉しいが）……いや、ムリでしょ」

アキオ　「なんで?」
タツヤ　「もう一人生まれるし、いつまでも仮設に住んでるわけにいかないし」
アキオ　「だからってタツヤがガマンするのは、なんか違うだろ」
タツヤ　「……父ちゃん」
アキオ　「お前がガマンするか、俺がムリするかだろ……」
タツヤ　「王手」
アキオ　「え!?」
　六ちゃんの電車が通りかかる。
六ちゃん　「どでどでどでどで、どですかで――ん!」
アキオ　「背広作りに行こうか」
タツヤ　「は?」
アキオ　「絶対、似合うと思うんだよ、行こう、作ってやるよ、入学式で着るヤツ」

6　同・たんばさんの住まい（回想戻り）

タツヤ　「本当に背広仕立ててくれたんだ、あの頃がいちばん幸せだったなぁ」
半　助　「（スマホに文字打ち込みながら）幸せじゃ困るんだよ」
タツヤ　「え?」
半　助　「いや……」

7　同・タツヤの住まい・内（回想・8年前）

　出来上がったばかりの背広を、嬉しそうにハンガーに掛けるタツヤ。
タツヤ　「弟も生まれて、俺の受験もあるし、アキオさん働き通しで、家空けることが増えて……その頃だ、兄貴がフラっと訪ねて来たのは……」

8　同・大通り（回想）

　いかにも反社なスタイルのシンゴ（23）、舎弟を連れてやって来る。

タツヤ（OFF）「吉本新喜劇の取り立て屋かと思ったよ、妹は俺の背中に隠れて泣いてたね、なのに母さん……」

しのぶ　「シンゴ!!」

シンゴ「……ごめんよ、母さん、苦労かけてごめんよ」
タツヤ「………」

9　同・タツヤの住まい・前（回想）

タツヤ（OFF）「その晩はすき焼きだよ、俺食ってねえけど、母さんご機嫌で」
家の中から弾ける笑い声、しのぶの嬌声。
タツヤ、リュウをあやしながらアカネと家の前に佇んでいる。
しのぶ「（窓開け）タツヤ、アカネも中入って食べな」
シンゴ「もうすぐだよ、母さん、こんな貧乏暮らし抜け出して、5人で暮らそう」
しのぶ「……ありがと、優しいねシンゴは」
シンゴ「今度さ、友達と会社作るんだ……IT関係なんだ」
タツヤ（OFF）「次の朝、目が覚めたら……」

×　×　×

明け方。タツヤのために仕立てた背広をシンゴが着ている。
タツヤ「……なにしてんの？」
しのぶ、引き出しから手早く1万円札の束を出し輪ゴムでとめて、
しのぶ「裸でごめんね」
シンゴ「（やや威圧的に）タツヤ、母さん頼んだぞ」
タツヤ「いやいや、俺の背広、俺の金、それ、大学の、ちょっとお！」
と肩を掴むタツヤ。シンゴ、その手を振り払い、
シンゴ「文句あんのか」
タツヤ「………」
タツヤ（OFF）「その時……うまく言えないけど、自分が何のために生きて来たのか、何のために生きていくのか……わからなくなっちゃって、なんかこう……」
家の前で待ってる舎弟と合流して、笑いながら去るシンゴ。

10　同・たんばさんの住まい

半助「絶望？」
タツヤ「そう絶望、絶望絶望、初めて絶望を味わったんだ……あ、ごめん」

半助「え?」

タツヤ「……アンタの方が大変だったのに、絶望とか言っちゃって」

半助「大変なのはみんなでしょ? 誰よりとか、俺の方がとか、ないでしょ」

タツヤ「……まあ、そうだけどね」

半助「で?」

タツヤ「結局、進学は諦めて就職したんだけど、そのことアキオさん気にして、ますますムリして、とうとう体壊して、血ぃ吐いて倒れたんだ」

11 同・ゲート付近(回想)

救急車で運ばれるアキオに付き添うしのぶ。

タツヤ(OFF)「この時だけは母さん、必死になったね。アキオさんの同僚に頭下げて金借りまくってさ、街の人たちも見かねてカンパくれたし」

主婦たちからの支援に、涙ながらに礼を言うしのぶ。

タツヤ(OFF)「俺も給料前借りして、夜中のバイトも始めて、なんだかんだで200万近くかき集めたんだけど……」

12 病院の受付(回想)

しのぶの前に現れるシンゴ、無精髭でみすぼらしい姿。

タツヤ(OFF)「その間も兄貴、母さんにしつこくつきまとってたんだ」

しのぶ「………」

13 『街』・たんばさんの住まい

タツヤ「手術や治療にかかった金が40万。残りのお金を出しなさいって、アキオさんが問い詰めたら、母さん……」

14 病院の病室(回想)

しのぶ、千円札数枚と小銭を布団の上に置き、

しのぶ「……あとは、長男に貸しました」

アキオ「………」

タツヤ(OFF)「そん時のアキオさんの目、忘れらん

ないよ、怒ってるでもなく、悲しいでもなく、今初めて会う人を見るような目つき」

しのぶ、言い訳をして、許しを乞うがその声は届かない。

タツヤ（OFF）「アキオさんは、母さんを責めない代わりに、それ以来、一切、口を利かなくなって、そのまま……愛想尽かして出てっちゃった」

15 『街』・たんばさんの住まい（回想戻り）

タツヤ「母さん、さすがに目が覚めたのか、昼はスーパーのパート、夜は清掃員、最近は内職もやってる。不織布マスクの包装。俺もバイト3つ掛け持ちで……6年がかりで借金返して、ここからやっとプラスだねって話してたら……」

16 同・屋上（回想・数時間前）

シンゴ「……お前にもずいぶん苦労かけたな、タツヤ、ほんと、頼りにならない長男で、申し訳ない（殊勝に頭を下げる）」

タツヤ「……そんな、やめてよ兄さん、家族4人、なんとかやってるから」

シンゴ「母さんは？」

タツヤ「（身構え）……どうかな、たぶん、家にはいない、パート行ってる」

17 同・昇降口

家へ向かうシンゴ、後を追うタツヤ。

タツヤ「ねえ兄さん、どっか、外で話さない？　家、散らかってるから」

シンゴ「実は入ってたんだよ」

タツヤ「入ってた……」

シンゴ「母さんに言うなよ、仲間庇って3年喰らって。でも、信じてよ。すっかり生まれ変わった。ムショで知り合った仲間に仕事紹介してもらって。朝倉竜次って知ってる？　最近、可愛がってもらってんだわ、今日も仲間と演説聞きに行くんだ……」

家の前「居ないでくれ」と祈るような気持ちでドアを叩くタツヤ。

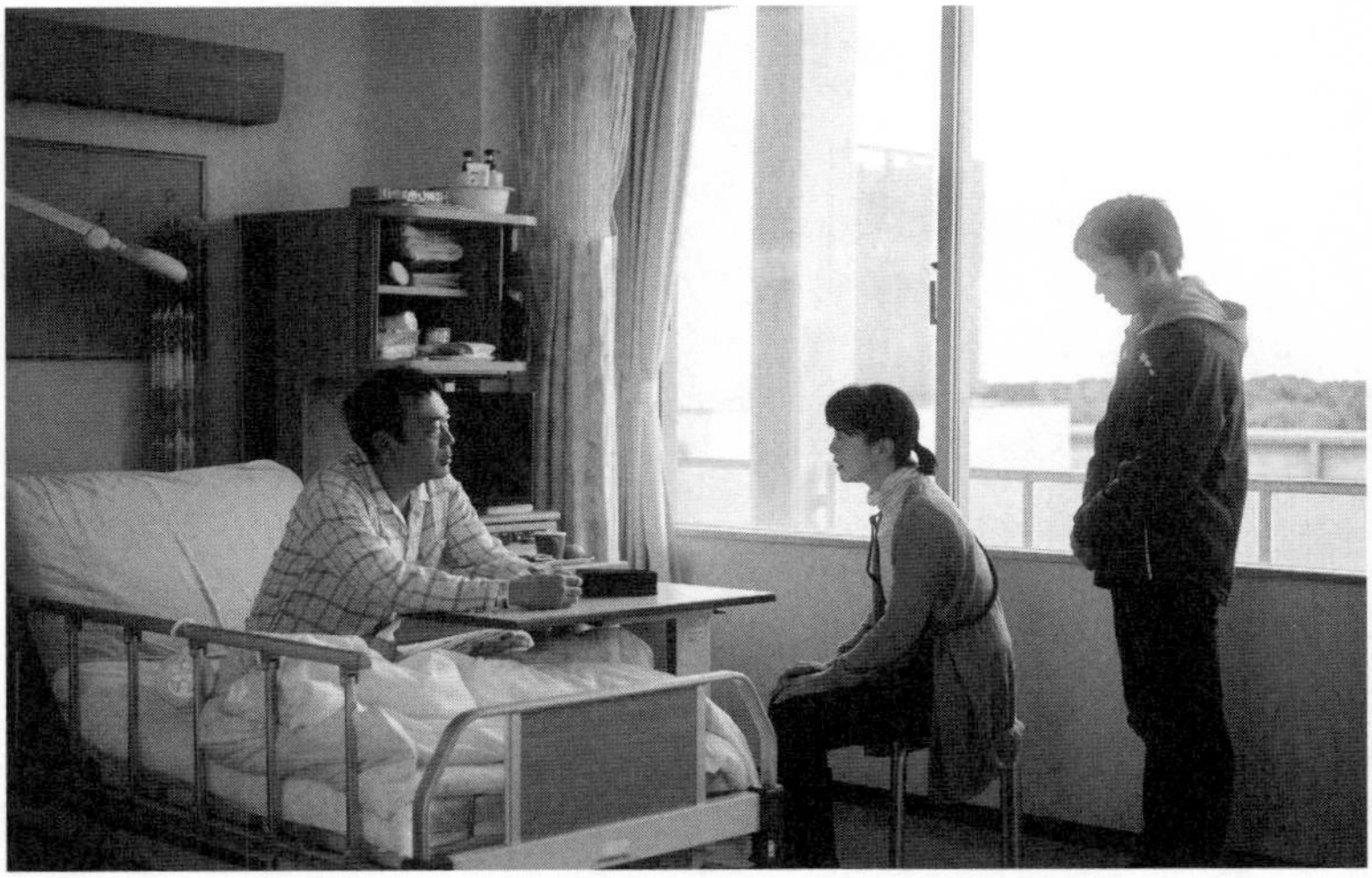

タツヤ「やっぱパートかな。忙しいんでしょ？　来たこと伝えとくから……」

声「シンゴ？」

シンゴ「（振り返り）母さん」

しのぶ、感極まり、不織布マスクの入った紙袋を放り投げ、

しのぶ「生きてたのね、シンゴ！」

飛びつくしのぶ。熱い抱擁、タツヤどん引き。

シンゴ「心配かけてごめん、連絡できなかった、この3年

だけど、いつも胸に母さん、だって俺は

Ｙｏｕｒ ｓｏｎ

（徐々にラップに）

させてやりたいぜ　まともな暮らし

だけどかなわない　最低賃金まったくもって上がらねえのなんで

責任の所在はどことるの？

誰のせい？　出稼ぎの外国人よりも貧乏大日本よりも辛抱

プレハブの街から　拳振りあげろよＭＥＮ

いつかこの街から　飛び出そうぜ

Ｍｙ ｍｏｔｈｅｒ ｃｏｍｅ ｏｎ！」

しのぶ、何か返したいが何も思いつかない。

しのぶ「……シンゴ……シンゴ……シンゴ……おかえりシンゴ」

18　同・たんばさんの住まい

半　助「それ、キツイな」

タツヤ「キツイよお、母さんも内心キツかったと思う、名前しか呼んでなかった」

たんば「ラッパーなのかい？」

半　助「あ、お帰りなさい（腰を浮かすが）」

たんば「いいよ、続けなさい（と、縁側に座ってタバコをふかす）」

タツヤ「政治家とつるんでヘイトスピーチとかやってるらしいです、まあ、どっちにしろ家に現金はそんなにないんで（とニヤニヤ）」

半　助「どうした、なに笑ってんの？」

タツヤ「たんばさん、実は僕、母さんにも内緒で貯金してるんですよ」

たんば「ほう」

タツヤ　「引っ越しの資金です。どうせ越すなら、母さんがびっくりするような、オートロック付きの高級マンションにしようって……だけど（顔が曇り）急だったんで、持ち出せなかった、通帳」

半　助　「……家にあるの？」

タツヤ　「……（明るく）大丈夫、絶対わからない所に隠してる。俺が持ってるより安心なぐらいよ、手元にあったら、兄貴に脅されて渡しちゃいそうだし」

たんば　「取り越し苦労かもしれんしね」

タツヤ　「え？」

たんば　「金の無心に来たとは限らないだろう」

タツヤ　「いや金、それは金、絶対金、金金金」

半　助　「言い切るね」

タツヤ　「それ以外ないもん、終わってる、あんなヤツ、詰んでますよ、人生」

たんば　「おふたりは、『小言幸兵衛』って落語、知ってますか」

19　同・水場付近～大通り

たんば（OFF）「誰彼構わず小言を言わずにいられない、大家さんの噺なんだ」

自治会長が小言を言いながら巡回している。

自治会長　「いつまで顔洗ってんだよ、増田さん、みんなが使う水道だよ、そんなにこすったら顔の芯が出て来ますよ、芯が」

自治会長　「こげ臭いね、どこの家だ？　パンが焦げてる、パンが」

自治会長　「放置自転車！」

自治会長　「子どもが泣いてるだろ、みさおさん、なんとかしなさい首絞めるとか」

自治会長　「かかとを踏んづけるんじゃないよ！」

自治会長　「放置自転車！」

自治会長　「また小便しに来たね、このクソ猫！　まったく飼い主の顔が…」

自治会長　「放置自転車！　罰金だよ！　またハッキリしねえ天気だね」

たんば　「先回り先回りして、さんざん小言を言ってさ、周りの連中が心底うんざりした頃に、その大家」

自治会長、道端のベンチに腰をかけ、

自治会長「あ〜あ、やれやれくたびれた、腰が痛いよ、堅いベンチだね」

20　同・たんばさんの住まい

たんば「って、まるで被害者みたいにボヤくんだ（笑）」

タツヤ「……え、それが何ですか？」

たんば「いや、なんとなく思い出したんだ（盤に近づき）どれ、どんな手だった？」

タツヤ「その小言のおっさんが俺だって、言いたいんスか？　誰に頼まれたわけでもないのに、先回りして心配して、貯金して」

半　助「いや、そうは言ってないでしょ」

タツヤ「知らないから、たんばさん、兄貴のこと、本当ロクでもないんですよ！」

たんば「けど、彼にとって君は、数少ない身内だからねえ」

タツヤ「いやいやいや渡しませんよ！　あれはだって、家族四人でここから引っ越すための、大事な金なんだから」

たんば「それが、お母さんにとって、本当に幸せならね」

タツヤ「……」

半　助「とりあえず1回帰ったら？　気持ち入ってないの、俺でもわかるわ」

タツヤの駒、心の乱れが表れている。

21　同・たんば家の前〜水場〜タツヤの家

半助の声「たんばさんの話は、タツヤにかなり響いたようだ。母さんにとっての幸せってなんだろう、高級マンションに住むことなのか？」

外へ出たタツヤ、思いつめた表情で歩く。

半助の声「家出した兄貴を、俺はエゴイストだと責めた。その俺が今、こそこそ貯金して、この惨めな街から自分たちだけ出て行こうとしている、やってる事は一緒じゃないか」

タツヤ「いやいやいやいや」

自治会長　「おい青年部！　どこ見て歩いてんだよ、ウンコ踏むよ、ウンコ踏むよ……踏まなかったね」
半助の声　「ここに流れついた時、みんな俺たちに良くしてくれた」
六ちゃんの電車が「どですかでーーーん！」と通過する。
半助の声　「そんな彼らの多くは、ここから抜け出せないでいる」
ホームレスの少年がゴミを漁る。
半助の声　「自分だけ抜け出すなんて、俺の方がよっぽどエゴイストだ」
タツヤ　「そうだ」
オカベがかつ子に、一方的に話しかけている。
オカベ　「（心理テストの雑誌を開いて）狸と狐、話しかけるならどっち？」
かつ子　「（指差して答える）」
オカベ　「狸と答えたかっちゃんは（ページをめくって）見た目によらず恋愛体質、だって！　キャー！　どうするかっちゃん！」
半助の声　「あんな兄貴でも、母さんにとっては可愛い息子、困ってたら手を差しのべてやりたいさ、わかってやれよ」
タツヤ　「（立ち止まり）そうだよ！」
オカベ　「……たっちゃん？」
半助の声　「金はまた貯めればいい、あの貯金は兄貴にやろう」
タツヤ　「……うん、そうしよ（と早足で歩く）」

22　同・タツヤの住まい

靴を脱ぎ、中へ入ると台所で米を研いでいる母しのぶ。
タツヤ　「……兄貴は？」
しのぶ　「とっくに帰ったよ、忙しいんだって」
タツヤ　「あっそ……なにしに来たの？　どうせ金の無心だろうけど」
しのぶ　「今日はあいにく持ち合わせがないって言ったら、また来るってさ」
子ども部屋を覗くタツヤ、妹アカネは宿題をやっている。
タツヤ　「（しのぶを気にして声を落とし）兄貴は大人しく帰ったか？」

アカネ「うん、なんかゴキゲンだったよ」
タツヤ、素早く引きだしを開け、通帳を探す。窓を叩く音。
開けると弟リュウが、警官の筑波と立っている。
タツヤ「与田（メモ見て）……たつやさんですね？」
筑波「ええ……あの、もしかして、あ、兄貴ですか？」
タツヤ「駅前交番からの電話連絡で、詳しい状況はわかりませんが……」
筑波「はい……あの、兄は…何をしたんですか？」
タツヤ「刃物で刺されたようです」
筑波「………」

23　駅前（数分前）

演説中の国会議員、朝倉竜次に黒ずくめの男が近づく。

警護隊の中にシンゴ、いち早く気がつき、身を挺して庇う。

シンゴ「!!」

シンゴの背中に音もなく刺さる包丁。

24　『街』・タツヤの家の前〜大通り

飛び出し走るタツヤ。

タツヤ「ごめん、チャリ貸して！」

オカベの自転車に跨がり走り去るタツヤ。

オカベ「たっちゃん………え!?」

タツヤの家の前、しのぶが泣き崩れている。

25　線路沿いの道

自転車をこぐタツヤ。

筑波（OFF）「朝倉議員のSNSに、殺害予告の投稿が度々あり、警察も動いていたんですが」

タツヤ「……ちきしょお……ちきしょお！」

26　病院・処置室

タツヤ「………」
ベッド上のシンゴ、人工呼吸器や心電図を装着され物々しい雰囲気。

看護師や医師が出入りしながら救命処置が行われる。

担当医　「失血性のショックというやつです。背中から肝臓に達しております」

タツヤ　「え、でも、うちの住所とか名前とか言えたんですよね兄貴……」

担当医　「いえ、運ばれて来た時点で昏睡状態でしたよ」

ベッドの横にヘッドホンや時計、スマホ等。

担当医　「所持品ですね」

財布と並んで、預金通帳と印鑑がある。

タツヤ　「………（顔が強張る）」

通帳の名義は『与田辰也』

半助の声　「……そうか、これがあったから警察はわかったんだ、名前と住所が」

背後で「シンゴ!」と声がして、しのぶが入って来る

担当医　「お母さんは見ない方がいいです」

倒れ込むように足元にすがりつくしのぶ。

タツヤ　「……ねえ母さん」

しのぶ　「起きて、シンゴ、母さんだよ、起きてよお」

タツヤ　「母さん、ここに俺の預金通帳があるんだけど」

しのぶ　「………」

タツヤ　「なんでこれ、兄貴が持ってるんだろう。……ごめん、こんな時に言うことじゃないんだけど……」

しのぶ　「(呟く)あんたは優しくない」

タツヤ　「……え?」

しのぶ、キッとタツヤを睨みつけて、

しのぶ　「通帳は私がやったの、シンゴに!」

タツヤ　「………」

しのぶ　「なんだよ、こんな時に、しょうがないだろ!親なんだからさ、あんたは話も聞かずにどっか行っちゃうし。今度こそちゃんとするんだって、そのために金がいるんだって言われたら、放っとけないじゃん!」

オカベ　「あ、あの、お母さん、話なら外で……」

しのぶ　「なによ、自分はこそこそ貯金なんかして、夜中に通帳開いてニヤニヤしてたの、母さん何度も見てんだから。兄さんが困ってるのに助けもしない、家族より貯金が大事なんでしょ!」

半助の声　「それは違うよ、母さん、タツヤは心の中で弁解した」

タツヤ　「………」

しのぶ　「通帳が無事で良かったねえ！　兄さんがこんな姿になっても、通帳が無事ならそれでいいんでしょ！　冷たいよ、優しくないよ！」

しのぶ、感情が昂ぶり、嗚咽し、シンゴの足にすがりつく。

半助の声　「違うって、自分のための貯金じゃないんだ、家族4人で、もう少しマシなところへ引っ越すための、いや、それだって考え直して、このお金は兄貴に渡そうって、家に帰ったんだ、本当なんだ、信じてよ」

しのぶ　「シンゴは優しかったもん、あんたと違って、親思いだったもん！　いつも気にかけてくれてさ、髪切ったねとか、疲れてるねとか、あんまりムリしないでねとか、あんた言ってくれたことある？　1回でも。ないじゃん。こそこそ貯金する時にさ、ちょっとでも母さんや、兄さんや、弟妹の顔、よぎったりしないの？　しないんだろうね、自分のことばっかりだもんね、偉そうに、母さんが『疲れた』って言ったら『俺も疲れてる』って。そうじゃないんだよ！　母さん、そんな言葉が聞きたいんじゃないの！」

タツヤ　「………」

しのぶ　「シンゴ！　ねえ、聞いてよシンゴ！　タツヤったらひどいんだよ。シンゴ！　やだよ、死んじゃうの？　やだよお」

オカベ　「……たっちゃん……ねえ、たっちゃん」

タツヤ　「……あ、そうか」

オカベ　「え？」

タツヤ　「あの桂ハネのところでしくじったんだ。あれは四八へ銀を引いて、次に桂馬を叩けば良かったんだ、そうかそうか、ちきしょお（涙を拭う）」

オカベ　「将棋？」

27　『街』・たんばさんの住まい

半　助　「（桂馬を動かし）こうこうこう……でしたっけ」

たんば　「それだと、盤の外に出ちゃうから」

半　助「……さっきの、小言の大家さんの落語、オチは？」
たんば「ああ、どんなサゲだったかな」

28　同・ゴミ捨て場～タツヤの住まい（夕方）

オカベと並んで街へ帰って来たタツヤ。

半助の声「考えたら、損してますよね、そいつ。良かれと思って小言言って、誰にも感謝されないんでしょ」

たんばの声「そういう性分だからね、そのうち気がつくんだよ、自分がいてもいなくても、関係なく、世の中は回ってるって」

タツヤ「……」

自治会長がゴミ捨て場の不法投棄を取り締まっている。

水場では主婦達が馬鹿笑いしながら食器を洗っている。

六ちゃんが、電車の点検をしている。

初太郎と益夫と熊が昼間から路上で酒盛りをしている。

家の前でリュウがサッカーしている。
リュウ「兄ちゃんお帰りー、母ちゃんは？」
タツヤ「……」
オカベ「……（代わりに）今晩、病院に泊まるって」
白菜を3玉抱え、スマホで検索している半助。
タツヤ「なにしてんの？」
半　助「『白菜』『大量消費』で検索してた」
オカベ「……食おうよ、みんなで、なあ」

29　同・タツヤの家

白菜と豚肉のミルフィーユ鍋がグツグツ煮えている。
オカベ「煮たら量減ったね、これなら楽勝だよ」
半　助「甘い甘い、まだあんなにあるから」
積み重ねられた白菜と豚肉が大量に待機している。
リュウ「絶対食えねえ」
タツヤ「……いや、食えるよ、みんなで食えば、食おうぜ！　いただきます！」

30　同・半助の部屋（日替わり、数日後）

パソコンに向かって文字を打つ半助。

半　助「四日後、タツヤの兄貴は目を覚ました」

31　同・タツヤの家（回想・夜）

鍋を囲む、半助、タツヤ、オカベ、アカネ、リュウ。

半助の声「死なずに済んだが、保険に入ってなかったので、タツヤの貯金は治療費にあてられるそうだ……」

タツヤ「肉ばっか食うなよリュウ、白菜も食え。アカネ、おかわりは？　小学生がダイエットしてどうすんだよ」

32　リカーショップオカベ

ホームレスの少年が来る。
オカベ、少年におにぎりを渡す。

少　年「まだ、12時前だよ」

オカベ「いいよ、どうせ売れないんだから」
オカベ、デニッシュも渡す。

少　年「ありがとう」

33　同・半助の部屋（回想戻り）

『報告書』というタイトルのファイルを、三木本宛てのメールに添付し『送信』をクリック。

半助の声「この先も兄貴は、金をせびりに来るし、そんな息子を母親は甘やかすだろう、タツヤの小言は、誰にも届かない……」

ドアを叩く音、開けると長谷川が白菜5個抱えて立っている。

長谷川「三木本さんから」

半　助「また白菜かよ！」
トラが「にゃあ」と鳴く。

つづく

第2話「親おもい」監督解説

宮藤官九郎

2話のエピソードはもっと後ろに持ってくる予定でした。タツヤの明るい人柄が浸透した後の方が「そんな辛いことがあったやつが、こんなに明るく振る舞ってたんだな」という驚きがあると思って。1話が六ちゃん、2話が「半助と猫」で、3話が「親おもい」。でもタツヤが仲野太賀くんに決まった時、太賀くんなら早めにシリアスな回を持ってきてもいいかもな、と思えてこの順になりました。

実際たんばさん宅でタツヤが膨大なセリフを言う場面は、撮影序盤で日没前の厳しい状況だったけど、その余裕ない感じが、思っていることと違うことを言ってる人の焦りのように見えて、すごく良かった。ここでたんばさんが「それがお母さんにとって本当に幸せならね」って言った瞬間の、半助のバツの悪い表情は、実は池松壮亮くんのアドリブで、編集の時に気づいたんですよ。あの絶妙な表情が咄嗟に出るのはさすが、としか言いようがない。

母役の坂井真紀さんが大金を「あとは長男に貸しました」と再婚した夫・アキオに言った後、声は消してるけど実は延々長ゼリフを言ってるんですよ。音は使わないってわかってるのに覚えてきてくれて。それを受けてアキオ役の戌井昭人さんが感情のない目で見返すカットは、何度見ても俺が撮ったとは思えないほど、すごい芝居ですね。

僕は役の内面に入り込む演出が苦手なんですが……。偶然にも戌井さんは以前『季節のない街』を舞台化されたそうで、ベースの世界観をわかってくれてたんじゃないかと。

シンゴ役のYOUNG DAIS くんと坂井さんのラップは、後でトラックをつけるつもりで撮影したんですが、無音の方が面白くて。聞こえない音楽に合わせて坂井さんがリズムをとっているのも含め、周囲のいたたまれない感じが、どんな音楽を入れるのよりおかしかったので、結局、無音のままにしました。

最後は坂井さんの病院のシーン。ここはいちばん、台本じゃなく原作本を見ながら「このセリフはこういう風に」と、僕にしてはストレートに演出しました。山本周五郎が今生きていたら、どう書いただろうって考えて。母さんが「疲れた」って言ったら「俺も疲れてる」……ってそうじゃないんだよ！っていうあの母の嘆きは、実はタツヤに対する甘えの表れだと思うんです。

原作通り、病院の場面で終わったのでは救いがない気がして、事情を知らない半助の行動でタツヤが救われる展開を加えました。ちなみにミルフィーユ鍋は俺の好物です。

自転車の荷台に乗ったタツヤの帰宅時に街の住人が次々映る場面（#28）は、撮影の近藤龍人さんの手腕。日没が迫る中、ハイスピード撮影ですごくいい感じに仕上がりました。

第3話 半助と猫

第3話
半助と猫

監　督　横浜聡子

田中 新助（半助）　池松 壮亮
与田 タツヤ　仲野 太賀
オカベ　渡辺 大知
増田 益夫　増子 直純
河口 初太郎　荒川 良々
擬人化トラ　皆川 猿時
ホームレス父　又吉 直樹

行　方　伊藤 修子
土　浦　川面 千晶
鹿　嶋　上田　遥
自治会長　小宮 孝泰
長谷川　松浦 祐也
服部　伊勢 志摩
『吉水』店主　鈴木 晋介
『吉水』店員　嶺　豪一
擬人化メス　谷口 あかり
ホームレス少年　大沢 一菜
沢上 まりこ　興津 苑美
沢上 りか　吉田 萌果
沢上 ツトム　戸井田 竜空
沢上 シロウ　鳥越 一平
くに子　片桐 はいり
たんばさん　ベンガル

三木本　鶴見 辰吾
六ちゃん　濱田　岳

1　『街』・半助の部屋

半　助「飯だぞトラ」

トラ、キャットフードの匂いを嗅ぐが、食べようとしない。

半　助「……どうした？　トラ、腹減ってないのか」

半助の声「この街に来て、ひと月。住民に関する報告書を提出して、俺は報酬を得ている」

2　同・大漁旗の下・街の雑感

六ちゃんの電車が通りかかる。

半助の声「初回、いきなり1万円が振り込まれ、楽勝かと思われたが」

電子マネーで自販機のジュースを買おうとするが、残金が足りない。

半　助「………」

半助の声「後が続かなかった。書くことがない。ウソを書くしかない」

初太郎、たんばさんが通りかかる。

文　面「初太郎、実は松岡修造の弟説」

文　面「たんばさんの背中には、将棋盤のタトゥーが入ってる説」

3　同・半助の部屋

半助の声「その報酬がこれだ」

玄関に積み重なったキャットフードと、冷蔵庫にはキュウリのみ。

半　助「いよいよやばいよトラ。お前は猫だからいいけど俺、河童じゃないし」

突然、トラが人間の言葉を喋るが、半助にはずっと前から聞こえていた声なので特に驚かない。

トラの声「ご自分のこと、書いたらどうです？」

半　助「やだよ、おこがましいよ」

トラの声「そうでしょうか、結構いろいろありましたよ、深夜ドラマの一話分ぐらいには、なると思うけどなあ」

半助、パソコンを開き、白紙のファイルを呼び出す。

半助の声「……そもそもこの報告書、誰が何のために書かせてるんだろう」

見ると、トラ、窓の前でじっとしている。

半　助　「あ、ごめん」

半助の声　「私がパソコンを開くと、それを合図にトラは出て行く。ご主人さまのお仕事の邪魔をしちゃいけない、と言うように、奥ゆかしいヤツだ」

窓を数センチ開けてやる半助。待っていたかのように外へ飛び出す。

4　同・半助の家の前～通り

擬人化したトラ、窓から外へ飛び出すと、気だるそうに、

擬トラ　「にゃあ～～ん（あくび）」

半助の声　「彼はでっぷりと肥えていて、顔もサッカーボールのように大きくて丸い」

悠然と歩き出すトラ。貫禄の二足歩行。ツンとすました表情。

半助の声　「トラは歩く。ボスの風格さえ漂わせ。家の中と外で、トラは別の顔を持っているのだ」

周囲の目を意識して、尻尾をピンと立て、時折ステップを踏むトラ。

半助の声　「彼の縄張りは日々拡張している。それは彼が実力で獲得したものだ」

ゴミ捨て場を物色中の野良犬が、トラに気づいて喉を鳴らし威嚇する。睨み返すトラ。歯を剥き吠える犬。応戦するトラ。

鬼のように激しいカットバック。

擬トラ　「(小さく、だがドスの効いた声で) にゃあ!」

半助の声　「よほど喧嘩好きの犬でも、彼に睨まれた途端、急に用を思い出した、という様子であらぬ方向へ走り出す」

犬が去った後のゴミ捨て場を足でかき分け「ふん」と鼻を鳴らす。

半助の声　「トラは歩く、世間は俺のものだとでも言いたげな顔つきで」

正面から六ちゃんの電車が走って来る。

六ちゃん　「どですかでーん、どですかでーん、ききーっ!　やい!　半助んとこの泥棒猫!　そこ線路の上だぞ、どけよ!」

半助の声　「彼はどくだろうか、いや、むしろ、そこへ

座ってしまう、そして運転手を睨み返す」

六ちゃん　「どけって、轢き殺すぞ!」

半助の声　「やれるもんならやってみろ、と開き直るのだ」

六ちゃん　「(舌打ち)なっちゃねえな!」

と、進路を変えて去って行く六ちゃん。

半助の声　「電車だろうがバイクだろうが同じ事。常に正面から現実にぶつかって行き、突破して打ち勝つ、それがトラの生き方……」

5　**同・半助の部屋**

半助の声　「……って、トラのこと報告してどうすんだよ」

仰向けに寝転がる半助。「どですかでーん」と六ちゃんの声。

半　助　「……11時40分か」

『青年部』のLINEグループに「腹へった」と書き込む半助。

6　**同・わんぱくデリカ**

匂いに吸い寄せられて来るトラ、くに子の姿はなく、奥からお題目。

擬トラ　「(小躍り)」

半助の声　「トラは揚げ物に目がない」

『新商品ハムカツ焼そばバーガー』を、キムタクの持ち方で掴み、カッコつけて食べるトラ。美味しすぎて放尿。

くに子　「こら! 何してんのトラ!」

擬トラ　「にゃん!」

太鼓とバチを振り回し追いかけるくに子。

ちょうど自転車で走って来たオカベとぶつかりそうになり、

オカベ　「あ、すいません!」

アジフライを強奪し、逃げ切り、勝利宣言のトラ。

くに子　「あーっ、もう、憎たらしい」

7　**同・半助の部屋**

カップ焼きそばを口いっぱいに頬張る半助。

オカベ「ごめんね、最近厳しくてさ、破棄処分になった弁当とかサンドイッチも、いちいち数えて報告するんだ」

半　助「(モゴモゴと礼を言う)」

オカベ「仕事、順調？　今どんなの書いてんの？(反応ないので)こう見えて俺、結構読むんだぜ、綿矢りさとか……」

半　助「報告書」

オカベ「………」

半　助「……ていうタイトルの、猫目線のファンタジー？」

家族写真を食い入るように見ているオカベ。
内心「しまった」と思うが、悟られまいと食べ続ける半助。

オカベ「……今日は寒暖差がなくて過ごしやすい一日だって、ラジオで誰かが言ってたよ、あと花粉が飛んでるって」

半　助「そうだよ」

オカベ「え？」

半　助「大漁旗でしょ？　そう一緒、外にあるやつと。だから急にギクシャクし出したんでしょ？」

オカベ「……ギクシャクなんか……してねえけど(改めて写真を見る)」

大漁旗をバックに半助、祖父、父、兄が笑顔で写っている。

半　助「家が沖合漁業の漁師でさ。親父も爺ちゃんも兄貴も、アレで船ごと流されたんだけど……大漁旗だけ、どっかで見つかったってことだよね」

オカベ「アレって……ナニのこと？」

半　助「『アレ』でも『ナニ』でもいいけど。すげえ嬉しかった。あの旗は、田中家のシンボルだったからさ」

オカベ「……半助くんだけ助かったんだ」

半　助「……たまたま受験で東京行ってたからね、あと、トラも」

写真の中、子猫のトラを抱いている半助。

×　　×　　×

擬人化したトラが、悠然と歩いている。

×　　×　　×

半　助「アレの後、家が建ってた場所見に行ったら、ち

〈営業時間〉
10:30〜19:00
税込み価格
コロッケ
ハムカツ
ミートボール
ひじきの煮物
切干し大根
白身魚フライ

ょうど茶の間の、コタツがあったあたりで、トラが昼寝しててさ……」

窓から中へ入るトラ、その時、本来の猫の姿に戻る。

半　助　「可哀相だから連れて帰って来て、それからずっと一緒……なあ、トラ」

「にゃあ」と鳴くトラ。

8　もつ焼き屋台『男同士』

街にただ一軒の激安屋台。

半　助　「もう平気なの?」

タツヤ　「平気じゃねえから飲んでんの、シラフで家、帰りたくねんだ」

半　助　「母親に、預金通帳持ち出されちゃあな」

タツヤ　「しっ！　……誰かに聞かれたらどうすんだよ」

離れた席で益夫と初太郎、尻かおっぱいかレベルの会話に夢中。

タツヤ　「学んだよ、今度のことでは。親にとっては、デキの悪い子の方が可愛いもんなんだって」

半　助　「え?　親に心配かけたくて飲んでるわけ?　だとしたらこの店、コスパ良すぎるって。なんだよ、男同士割引って、煮込み90円だし」

焼酎180円。煮込み90円。男同士割引あり。

益　夫　「……なんの煮込みかは、聞かねえ方がいいぞ」

初太郎　「焼酎だって、わかんねえようにお湯で薄めてるだろ！　おい！」

益　夫　「初っつぁん、それを、お湯割りって言うらしいぞ」

初太郎　「こいつぁ参った、兄貴、さすが高卒、博学だね！」

益　夫　「おい兄ちゃん！　金に困ってんなら紹介するぞ、人足仕事」

半　助　「マジすか?」

益　夫　「おうマジだ、ハンコと軍手がありゃあ日当一万、とっ払いよ」

タツヤ　「やめとけよ半ちゃん、力仕事なんか無理だって、怪我するって」

初太郎　「足場組んで、足場バラしてまた組んで、バラして組んでの足場地獄よ」

タツヤ　「小説のネタなら考えてやるよ、俺が、あれは?　ホームレスの親子」

半助「ホームレス?」

9　リカーショップオカベ（夜）

レジ横に立っているホームレスの少年、オカベがうまい棒を渡す。

オカベ「ごめんね、お弁当はもう、あげられないんだ」

少年、振り返り、店の外で待っている父親に、首を振る。

父「（ため息をつく）」

10　車が行き交う道

タツヤ（OFF）「なんつーか、独特なんだよ、風貌もだけど、その喋り方」

歩く親子、やけに芝居がかった口調で、

少年「僕、宮下銀座まで足を伸ばしてみようかな」

父「君ひとりを、あんな遠くまで行かせるわけにはいかないよ」

少年「平気だよ、いくつか贔屓のお店あるんだ。ちょうど店じまいの頃合いだから、先帰っててよ」

父「……そうかい、君がそこまで言うなら、そうさせてもらうよ」

タツヤ「なんかこう、よそよそしいっつーか、台詞喋ってるみたいなんだ」

橋を渡って街へ向かう少年。

11　『街』・大通りの突き当たり

半助「どこ住んでんの?」

タツヤ「そこ」

茂みの奥に、ダンボールとブルーシートを組み合わせた小屋。

半助「あそこ!?　あそこ、人住んでんの?」

タツヤ「食い物は基本、子どもが調達してくるみたい、親父の方はああ見えて、実は大卒のエリートで……やっべえ!」

遠くから父親が、ダンボールを抱え帰って来る。

身を潜め、見守る半助とタツヤ。

父親、薄汚い上着を脱ぐと、トレーナーに『RICH』の文字。

半助の声「私は彼をリッチマンと呼ぶことにした」

背中を丸め、小屋の中に消える父親。ややあって室内灯が点く。

半　助「あんな所に住まなくてもさぁ、空いてんじゃんプレハブ、どっか入ればいいのに、家賃タダなんだろ?」

タツヤ「家が無くなった人は住めるけど、もともと家が無かった人は住めないんだよ」

半　助「……ああ（と、妙に納得）」

タツヤ「いろいろ規則があんの、一応、国がやってるからね……どした?」

半　助「窓、空けっ放し」

半助の家、半分窓が開いてる。

12　宮下銀座（夜）

悠然と、我が物顔で歩くトラ。

半助の声「トラは歩く。夜の繁華街を。無料案内所、ガールズバーのやる気のない客引き酔っ払い、猫カフェ?　ふん。いつもの通りだ。人間の営みなど、どれも退屈で、見え透いていて……お?」

擬トラ「………」

トラの視線が『天ぷら』の提灯にロックオンされる。

13　高級天ぷら店『吉水』

店の中を窺いながら、何度も往復するトラ（猫）が見える。

店　主「なんだ、のら猫か?」

店　員「営業妨害すね」

14　同・店の前

思わせぶりにウロウロする擬トラ。店員が、ビニール傘で追い払う。

店　員「おい、どっか行けよ」

擬トラ「(無視)」

店　員「邪魔なんだよ!」

擬トラ、どかっと店の前に尻もちをついて座る。ビニール傘の柄の方で押すがビクともしない。

半助の声「トラは徹底抗戦を決め込む。高級天ぷらをいただくまでは一歩も動かないという意思表示だ」

マーキング（少量の小便）をするトラ。

店員「てめえ、何やってんだ店の前で！」

ビニール傘で何度も叩くがビクともせず、傘を掴んで離さない。

店員「（驚いて）は、離せクソ猫！」

その腕を爪でひっかくトラ。「いてっ！」とうずくまる店員。

店主「（現れ）追っ払ったってだめだよ、ちょっと待ってろ」

トラ、勝利を確信してガッツポーズ。

15　同・内

海老と穴子、椎茸などを衣につけ、油の中へ。

店員「わざわざ揚げることねえですよ、食い残しだって、あるんだから」

店主「猫もあのクラスになると、そこらの人間より舌が肥えてんだ」

16　同・駐車場

店員が恐る恐る、揚げたての天ぷらを裏口に置き、

店員「……これ食ったら、大人しく帰ってくれ」

胡座をかいたトラ、穴子に塩を適量ふりかけ、食べて、悶絶。

半助の声「う、うまっ！　なんて上品な油の香り。六ちゃん家のアジフライとは雲泥の差。衣はサクサク中はふわふわ、この食感……一言で言うなら……」

擬トラ「にゃあ――――！」

海老の尻尾を掴んで持ち上げた瞬間、背中に刺すような視線。

擬トラ「（振り返り）………」

ホームレスの少年が、深刻そうな顔つきで立っている。

擬トラ「（怒気を含んだ声）にゃあっ！」

少年「………（無表情）」

半助の声「飛びかかって爪でひっかいたら勝てない相手じゃない……だが、そうさせない深刻さと決意

が、その子の瞳にはあった」
よく見ると、小さな手に石を握って、恐怖で震えている。

半助の声　「しばしの膠着状態のあと、子どもが動き出した」
近づいて来る少年、身構えるトラ。
少年は掴んでいた石を放り投げて、その場に跪き、

少　年　「猫さま、この通り、一生のお願いです」

トラ　「………」

少　年　「椎茸は差し上げますので、どうか海老を2本、譲っていただけないでしょうか、お願いします、海老は父の好物なんです、どうか！」
海老を皿に戻すトラ（人）。
戦意喪失し、去って行くトラ（猫）。
少年、ふうと安堵の息をつき、クーラーケースを開ける。
中からタッパーがいくつも出て来る。それぞれ『なまもの』『しるもの』『ごはんもの』とマジックで書いてある。『あげもの』を開け、天ぷらを入れる少年。

店　員　「おい、その天ぷらはな……」

店　主　「（遮り）やめとけ（少年に）今度から、ここで待ってな」
タッパーをしまって、深々と頭を下げ、立ち去る少年。

17　『街』・ダンボールハウス・前（日替わり・朝）
小さな折り畳み式のテーブルを出し、天ぷらを1本ずつ、他にも巻き寿司やピザ、半分かじったドーナツに缶コーヒーと、わりと豪華な朝食。半助、その様子を物陰からスマホで撮影する。

半助の声　「写真を添付して、俺はミッキーさんに報告書を送った」
シロウを先頭に、みさおの子どもたちが元気に登校して行く。
イルカの鳴き声。思わず立ち止まる半助。

半　助　「（スマホ見て）え⁉」
電子マネーで5万円が振り込まれている。

六ちゃん　「……どけよ、線路の上で止まるな、田舎者」

半　助　「あ、ごめん」

六ちゃん　「ったく、猫が猫なら飼い主も飼い主だな！　どですかでーん」

18　同・わんぱくデリカ

通販サイトで炊飯器を検索し、震える指で注文を確定。

半　助　「……買っちゃった、どうするトラ、糖質カットできるやつだぜ」

くに子　「どうして食べないの？　トラちゃん、ハムカツ好きでしょ」

ハムカツを鼻の先まで持って来られるが、全然食べたくない。

トラの声　「好きじゃねえよ、もう口が高級天ぷらの口になっちゃってんだよ」

くに子　「なによ、無理しちゃって、このこの」

トラの声　「やめろよ、おちんちん触んなよ」

半　助　「胃が小さくなっちゃったのかな……？？」

自治体の車が進入してくる。気になって見に行く半助。

くに子　「アジフライがいいの？　アメリカンドッグ？　ハッキリ言いなさい」

擬トラ　「にゃにゃにゃにゃい！（食べたくない）」

くに子　「アジフライ？　アジフライなのね？　このこの」

19　同・ダンボールハウス・前

半　助　「………」

自治体の職員がダンボールハウスを撤去している。

その様子を、為す術もなく、呆然と見ているホームレス親子。

サポートセンターの服部　「これ、非常食と炊き出しの案内ね」

遠巻きに見ている住民たち、その中に半助。

長谷川　「やだやだ、世知辛いね、誰が通報したか知らないけど」

自治会長　「わ、私じゃないよ、こう見えて情に厚いんだから」

少　年　「（思わず）……やめてよ」

テーブルを容赦なく踏んで破壊する職員。

益　夫　「おい！　もうちょっと、丁寧にできねえのか」

相談

タツヤ「……（半助を見る）」
半　助「………（目を合わせられない）」

20　同・ゲート前

自治体の車が去った後、最小限の荷物を手に、うなだれて街を出て行く親子の背中。

トラの声「しょうがないですよ、規則は規則なんだから」
半　助「………」

21　高級天ぷら店『吉水』

出勤前のキャバ嬢と食事している三木本、電話に出て、

三木本「どうした？　金、振り込んだけど」

22　『街』・大漁旗の下（夜）

半　助「（電話に）いただきました、ていうか、いただきすぎじゃないスか？」
三木本「いい仕事したからだよ、ああいうの、頼むわ、また」
半　助「ミッキーさん、ひょっとして俺、スパイ的な感じで送り込まれました？」
三木本「……だったらなんだよ」
半　助「……やっぱそうなんだ、最初に言って欲しかったっすね」
三木本「言ったらやんないでしょ」
半　助「全然やりましたよ、むしろ、やりやすかったっすね、知ってた方が……そもそも、なんで俺なんすか？」
三木本「身軽だから？　お前の身になんかあっても、猫だけだし」
半　助「………」

タツヤとリュウが通りかかる。

タツヤ「どうした？」
半　助「（スマホ外し）風呂？」
タツヤ「うん」
半　助「行ってらっしゃい」
タツヤ「あ、半ちゃん、今度、小説読まして」
半　助「（曖昧に笑い）……猫だけ、でもないんだよな」

23　高級天ぷら店『吉水』

三木本　「今度、詳しく話すわ（電話切り）お会計、残しちゃってゴメンね」

天ぷら5、6品残った皿が、店主から店員の手に

店　主　「これ、裏に置いといてやれ」

24　同・駐車場（朝）

裏口にそっと置かれた食べ残しの天ぷら。

半助の声　「しかし、子どもはパッタリ姿を見せなくなった」

悠然とやって来て、天ぷらを独り占めする擬トラ。

半助の声　「宿敵のいなくなったトラは、ますます大胆に、我が世の春を謳歌し」

25　『街』・半助の部屋～大通り（日替わり・夜）

半助の声　「やがて発情期に突入した」

部屋を飛び出す擬トラ、まるで中年男性のような野太い声で鳴く。

擬トラ　「ああ――――！」

半助の声　「発情期の猫は暴力的になる。目を剝き、毛が逆立ち、野太い声で求愛のセレナーデを奏でる」

擬人化したメス猫がプレハブの屋根に現れる。

擬メス　「あっあ～～～～ん」

擬トラ　「うああ――おあおあおあ――」

初太郎が窓を開け、水をぶっかけ、

初太郎　「うるせえな！」

26　同・同（日替わり・数日後）

一転して長閑な風景。自販機でジュースを2本買う半助。

27　同・たんばさんの家

たんばさん、将棋盤を睨み、

たんば　「ただやってもつまらないから、なんか賭けましょうか」

半助「え?」
たんば「そうだな、負けた方は秘密をひとつ打ち明ける、ってのはどうかな」
半助「……はい」
戸惑いつつ覚悟を決め、買って来たジュースを一口飲む。
半助「たんばさんって職業は?」
たんば「インフルエンサーだよ」
半助「………」
たんば「ウソだよ、家具職人、インフルエンサーってなに?」
半助「たんばさんは、知らなくて良いと思います」
たんば「若い頃はなんでもやったよ、バーテンダーとかセールスとか。今は年金暮らしだが、ボケ防止にこんなの作ってる」
木製の小物入れや箸、木皿等の木製工芸品が陳列してある。
半助「……すげえ」
たんば「あんたは? ずっと物書きかね」
半助「……だけど、何書いていいかわからなくて」
たんば「………」

半助「漁師になるのがイヤで、親の反対押し切って、大学受験で東京行ってる間に、アレで家がなくなって……漁師にならずに済みました」
たんば「………」
半助「漁師になってたら俺も死んでましたよ。で、生き残ったはいいけど、なんか、何を書いても……ウソくさいっていうか……聞いてます?」
たんば「うん」
半助「……この話すると、だいたい『大変だったね』って言われるんで」
たんば「大変だったのは、あんただけじゃないしね」
半助「………」
たんば「『だった』って、過去形じゃないしね、大変だし、今も」
半助「そうですよ、そうなんですよ!」
たんば「………」
半助「なんかこう、型にはめようとしますよね。あれから12年とかさ、過去の悲劇を教訓にとか、わかるけど、そのために生きてるわけじゃないでしょ、俺たち。『過去』でも『教訓』でもないし。『大変だったね』に甘んじてたら、いつま

でたっても大変ですよ」

たんば　「……う〜ん」

半　助　「（拍車がかかり）抜け出さないと始まらないでしょう！　『大変だったね』は年々薄まっていきますよ、そりゃ。みんな大変だもの、国や自治体だって、ホームレスの面倒まで見てらんねえよ、次はアンタの番だよ！」

たんば　「参りました（と頭下げる）」

半　助　「え？　あ、いやいや、たんばさんに言ってるわけじゃないんですけど、もう正直に言います、実は俺……」

たんば　「詰んだよ」

半　助　「つんだ？」

将棋盤の上、手詰まり状態の駒。たんばさん、駒の動きを回想し、

たんば　「こう、こうこう、で、これだな、この銀が悪手だったか（悔しがり）……しょうがない、ついておいで、私の秘密を見せてやろう」

半　助　「………え、うそ、勝ったの!?」

28　同・廃品置き場

街の外れにスクラップの軽自動車が放置されている。

たんば　「この中だ……決して口外しないと約束してくれ」

半　助　「（良からぬ想像をして）……え？　え!?　なんですか!?」

中からガチャとドアが開き、バックドアが開く。

半　助　「（中を覗き）………」

シートを取り外した車内は割と広く、中でホームレスの親子が、膝を抱えて座っている。

たんば　「見ちゃったんだ、雨の中、空き缶拾ってるの」

半　助　「………」

たんば　「……放っとけなくてね、しばらく、ここで暮らしてもらおうと思って」

半　助　「……良かった……生きてた……リッチマン生きてたあ！」

たんば　「自治会長には私から話しておくから、青年部には、あんたから言ってもらえると助かるんだ

が……」

半助「もちろん、なあ、お腹減ってる?」

少年「(頷く)」

29　同・半助の部屋

入って来るトラ(猫)。新品の炊飯器から湯気が出ている。

半助「お帰り、トラ」

半助、新品の削り器で鰹節を削っている。

半助「これ、たんばさんからもらった。ねこまんま食えるぞ、ほおら」

引き出しを引き、削りたてのかつお節を炊きたてのご飯にのせる。

「にゃあ!」と声をあげ〝ねこまんま〟に顔をうずめるトラ。

半助「お前……ちょっと太った?」

30　同・廃品置き場

ねこまんまを美味しそうに食べるホームレス親子。

31　同・ゲート付近・早朝(日替わり)

ニッカボッカに地下足袋姿の半助。

タツヤ「似合わねえ」

半助「うるせー」

軽トラが待っている、荷台に初太郎と益夫。

益夫「おう兄ちゃん、印鑑持って来たか?」

益夫、半助を引っ張り上げる。

初太郎「なんだお前ら、保護者かよ」

オカベ「へへ、半助をよろしくお願いします」

タツヤ「6時に大漁旗の下集合な」

半助「生きて帰れたらな」

走り出す軽トラック。見送るタツヤ、オカベ。

三木本からの『なんか変わったことは?』のメッセージに『とくにねっす』と打ち返す半助。

半助「………」

つづく

第3話「半助と猫」監督解説

横浜聡子

学生時代から「池袋ウエストゲートパーク」など、宮藤さんの作品を観ていてファンでしたから、お話をいただいた時は「なんで私に!?」と驚きました。しかも、私の自主制作映画『ジャーマン＋雨』を公開当時に観てくださっていたと後で知りました。

シナリオ打ち合わせやロケハンから渡辺（直樹）さんも参加していましたが、しばらくは誰がどの回を撮るかは決めずに進んでいました。3話は通常餌をあげる人間の側の少年が猫に食べ物を乞うシーン（＃16）が衝撃的でしたし、原作の猫が「擬トラ」として皆川猿時さんに変身するのも面白くて、難しそうだけれどぜひやらせてくださいと手を挙げました。撮ってみると、皆川さんが天ぷらをコミカルに食べているところに、少年が土下座して急にシーンがシリアスに様変わりする緊張感がすごくて、喜劇と悲劇が常に同居しているのが宮藤さんの脚本なんだと改めて思いました。

各監督が自分の担当回以外でも現場にいることが多かったので、困った時は宮藤さんに助言をいただける環境でした。1・2話は深い人間ドラマが描かれ、3話は風向きが少し変わってコメディ要素も多いのですが、＃6の「キムタクの持ち方でカッコつけて食べるトラ」だとか「美味しすぎて放尿」だとか、宮藤さんが現場で大笑いしてくれればOKだって安心感がありました。

擬トラの感情に合わせて尻尾をピンと立たせる美術部さんのアナログな技術だとか、猫っぽさと人間っぽさが入り混じった衣装も楽しんでほしいです。

3話は半助が皆の輪にだいぶ溶け込んできたところなので、池松さんとも相談して、六ちゃんの走る方向に落ちているボールを半助が無意識に拾って道を空けてあげるという演出をして、日常に慣れてきた感じを大事にしました。

半助がたんばさんと将棋を指す場面では、静かに始まった半助の告白が徐々に熱を帯びていきますが、私が演出したというよりは、池松さんが本を深く理解されてのお芝居でした。

宮藤さんの撮られた1・2話のラストは、勢いのある音楽が使われていますが、3話のラスト、半助が働きに出てトラックに乗るシーンには、新たな始まりを感じさせるような大友良英さんの爽やかな音楽をあてました。

第4話 牧歌調

第4話

牧歌調

監督　宮藤官九郎

田中 新助（半助）　池松 壮亮
与田 タツヤ　仲野 太賀
オカベ　渡辺 大知
増田 益夫　増子 直純
河口 初太郎　荒川 良々
増田 光代　高橋 メアリージュン
河口 良江　MEGUMI

沢上 みさお　前田 敦子
沢上 良太郎　塚地 武雅
熊　奥野 瑛太

ワイフ　LiLiCo
島 悠吉　藤井 隆

行方　伊藤 修子
土浦　川面 千晶
鹿嶋　上田 遥
自治会長　小宮 孝泰
長谷川　松浦 祐也
『男同士』大将　西郷 豊
横川　中村 敦
ラジニ　クリシュナ
沢上 まりこ　興津 苑美
沢上 りか　吉田 萌果
沢上 ツトム　戸井田 竜空
沢上 シロウ　鳥越 一平
沢上 りょうこ　カリマ

1　『街』・ゲート付近

益夫、初太郎と共に軽トラで現場へ向かう半助。

半助の声　「益夫さんの紹介で、俺は日雇いの仕事を始めた」

2　リカーショップオカベ

半助の声　「仕事帰りにオカベっちのコンビニで発泡酒を飲む」

コンビニ前に座り込む益夫、初太郎、半助。
タツヤは自転車に跨がりスムージーを飲んでいる。

益　夫　「おい青年部！　しゃらくせえもん飲みやがってこの野郎」
タツヤ　「しょうがないっしょ、夜もバイトなんだから」
初太郎　「（スマホ見て）ヨシエの野郎、また、つまらねえこと言ってら」
益　夫　「なんだって？」
初太郎　「読めねえ、読んでくれ！」

初太郎、バキバキに割れたスマホを半助に放る。

オカベ　「あのお、近所から苦情が来るのでもう少し静かに……」
半　助　「（解読）まっすぐ、帰って、来い……だと思います」
初太郎　「わかってるよ！　この1本飲んだら帰るよ」
半助の声　「1本で済む事はなく、ひとっ風呂浴びた後、激安屋台に流れる」

3　『街』・屋台『男同士』（夜）

数時間後、泥酔し、もはや立っているのがやっとの益夫と初太郎。

初太郎　「烏丸せつ子が最強なんだよ、兄ぃ！　昭和55年の烏丸せつ子が、人類史上もっとも小悪魔なんだよ！」
半　助　「あの、自分そろそろ（と、給料袋を出す）」
益　夫　「いいって、ここは俺が（と、給料袋を出す）……」
初太郎　「やめてくれ、兄ぃにそんな事されちゃあ……おう？（給料袋が無い）」
半　助　「どうしました？　無くしました？」

益夫　「ひったくりか?」

初太郎　「やられた!」

半助　「よく探しましょうよ、コンビニで酒買った後、どこしまいました?」

初太郎　「あった(見て)ん?　……兄ぃの名前書いてるぞ?」

益夫　「(と自分の封筒を見て)あ、これ初っつぁんのだ!」

益夫と初太郎、ゲラゲラ笑って封筒を交換する。

初太郎　「ん!?」

半助　「今度はなんですか?」

初太郎　「これ(スマホ)がねえ、どこだ、俺のこれ」

益夫　「ひったくりか」

初太郎　「やられた!」

半助　「さがしましょうよ、だから、探してないじゃないですか」

益夫　「どれ、鳴らそうか」

益夫のガラケー、真ん中で割れ、辛うじて線でつながった状態。

半助　「なんすか、その電話!」

4　同・大通り(日替わり)

増田家のドア、般若の絵が描いてある。

バンと開いて益夫が、後から光代が出て来て、

光代　「あんた、今日こそ給料袋開けないで帰ってきてよ!」

益夫　「わかってるよ、けったくそ悪い!」

益夫、弁当を受け取り、対面のドアを二度叩く。

パンダの絵が描いてあるドアの奥から「あいよ!」と声がして初太郎、遅れて妻の良江が出て来て、弁当を渡し、

良江　「あんた、8時過ぎたら鍵かけるからね!」

初太郎　「なんだ、兄ぃの前でみっともねえな!」

光代　「よっちゃんとこ、ゆうべ、何時だった?」

良江　「1時過ぎよ、みっちゃん、うるさかったでしょ」

光代　「お互いさまよ、ったく男ってほんとバカ、なんでよそで飲んじゃうの」

良江　「こんないい女が家で待ってるのにさあ!」

5　同・水場～『男同士』・前

初太郎「女ってのぁ、なんで亭主の機嫌損ねること、わざわざ言うんだろうね」
益　夫「近頃ぁそんなこと言うと、ジェンダーがなってねえって叱られるらしいぜ」
初太郎「お、SDチーズか」
益　夫「学があるねえ！　初っつぁん、どうだい今夜、男同士で一杯」
初太郎「悪いが兄ぃ、今日は休肝日だ」
半助、地下足袋を足に引っかけて走って来る。
初太郎「いいか半助、今日もし俺が一杯引っかけようとしたらこう言うんだぞ『ダメですよ、初っつぁん、今日は休肝日です』」
半　助「昨日も言いましたけど」
初太郎「うるせえ！　何がなんでもシラフで帰るんだ今日は！」

6　同・同（夜）

案の定べれけの益夫と初太郎、大声で歌謡曲を歌いながら、
益夫／初太郎「♪こぉ～のま～ま～、何時間で～も～」
家の前で別れる初太郎と益夫。
益　夫「じゃあな初っつぁん、明日も7時な」
初太郎「寄ってけよ、半助、あと1杯だけ付き合え」
半　助「ええ？」

7　同・初太郎の家

仏頂面で酒を注ぐ良江。
初太郎「こいつ半助、顔は知ってるだろ？　トラの飼い主だよ」
半　助「すいません、あの、僕が、旦那さんを引き止めちゃって」
良　江「ふん、見え透いてんのよ、若い男連れて帰れば機嫌直すと思ったか」
その時、ドンドンドンと玄関を叩く音。
益　夫「俺だあ！　初っつぁん、開けてくれい！」
初太郎「開いてるよ、どうしたんだい兄ぃ」

益夫　益夫、つんのめるように家に入って来て、
「どうしたもこうしたもねえや、けったくそ悪い、カカアの女のあばずれめ」

良江　「みっちゃんと喧嘩でもしたの?」

益夫　「したね、掴み合いよ、なあ、よっちゃん、ひとつ聞くが、目玉焼きってのは、朝飯のおかずかい?　晩飯のおかずかい?」

半助　「なんすかそれ」

益夫　「帰ったら、無性に目玉焼きが食いたくなってよ。あるだろ、そういうこと」

「ある」とか「ない」とか相づち。

益夫　「ところがウチの鬼嫁と来たら『そんな朝ごはんみたいなもん、夜に作りたくない』って言いやがる」

初太郎　「なんだと!?」

良江　「みっちゃんも頑固なところあるからね」

益夫　「『そんならお前、ハンバーグに乗っかってる目玉焼きはどうなんだ?』って言ってやったらよ『それは晩飯のおかずだ』って言うんだ。『ハンバーグ食うなら目玉焼きぐらい乗っけてやってもいい』ってな。けど、こちとらハンバーグって感じじゃねんだよ!」

初太郎　「わかる!　ハンバーグではしゃぐのは高校2年までだ!　アニキはいつだって正しいよ」

半助　「そおかなあ」

益夫　「百歩譲って、目玉焼きにウインナー1本添えてあったら食うかもな、って言ったら『それは朝飯のおかずだ』って言いやがる」

良江　「売り言葉に買い言葉だね」

益夫　「俺も意地んなって『そんなら目玉焼きは要らねえから、ウインナー5、6本焼いて持って来い!』って言ったらよ」

半助　「本末転倒ですよ」

益夫　「そしたら女房、なんつったと思う?『それは昼飯のおかずだ』ってよ」

初太郎／半助／良江　「う〜〜〜ん」

益夫　「冗談じゃねえや、けったくそ悪い、亭主にぁ亭主の見識てもんがあらあ!」

初太郎　「その通り!　いつだって兄ぃの言う通りさ、聞いてんのか!」

益夫　「いちいちつんけんすんじゃねえや、けったくそ悪い!」

半　助「けったくそって何ですか?」

初太郎「あ?」

半　助「すいません、けったくそ悪いの『けったくそ』って、何なのかなって」

初太郎「……お前、そんなこともわかんねえのか」

半　助「すいません」

初太郎「で?」

益　夫「女だっていろいろあんのよ、それともなにかい?　女はつんけんしちゃあいけないてぇ法律でも出来たのかい?　とござった!」

初太郎「なんだと!?」

益　夫「あったま来たから飛び出して来た、まだこのあたりがムカムカすらあ」

と、シャツをはだけて胸をかきむしる益夫。その黒い胸毛を見る良江の目がギラリと光る。閃光が走り、三白眼になる。

初太郎「暇ぁ持てあましてんだな、ニコニコしてりゃいいものを、つんけんして、こじらせて、楽しもうってわけだ、よし!　俺が言って来てやるガツンと!」

半　助「いやいや、まずいですって、こんな時間に、ねえ奥さん」

良　江「…(…三白眼のまま)そうだよ、やめときな、酔ってんだから」

初太郎「バカ野郎!　俺が酔ってるか酔ってねえかぁ俺が誰よりわかってんだ、俺を誰だと思ってやがる、俺だぞ、誰だてめえは!　俺か!」

半　助「ベロベロですよ、そんなんじゃ話になりませんって、ねえ奥さん」

良　江「……なんじゃ話になんないよ」

半　助「ちゃんと止めてくださいよ……あ、初さん!」

飛び出して行く初太郎、追う半助。益夫は軽く居眠りして、

益　夫「ん?　おう?　誰かと思えば、初っつぁんとこの良っちゃんか、へへ、こいつぁ、大きな驚きだ」

良　江「私も1杯、いただくわ」

益　夫「いただくわ、とござったな、どれ(おぼつかない手つきで酒を注ぐ)」

良　江「ああん、もう、あふれちゃう(と口をつける)」

益　夫「う〜ん(じっと見ながら胸をかきむしり)」

良江「まだムカムカする?」
益夫「……いや、それが、うんともすんとも、止まっちまったか心臓」
良江「どれ、私が見てあげる」
と、すり寄って、益夫の胸に手を入れ、濃い胸毛をまさぐる。
良江「ちゃんと動いてるよ、ほら(耳元で)どっくん、どっくん、すっごい、私の手を押し返しそうだわ、すっごいわ」
益夫「すっごいわ、とござったな、お前のはどうだい」
良江「自分の手で確かめてみれば?」
益夫「………(酩酊と覚醒の波が押し寄せる)」
その時、半助が戻って来る。
半助「……あ」
良江「どうかした?」
半助「……初さん、益夫さん家にあがった途端、寝ちゃって」
益夫「(ごろんと横になり)ZZZZZZ……」
良江「あんたも食べる? 目玉焼き」
半助「……いえ、大丈夫です」

良江「あっそ、おやすみ」
半助「……あ、言い忘れました『けったくそ悪い』ですけど(スマホ見て)『けったい』から来てるんですって。変わったヤツのこと、関西弁で『けったいなヤツやな』って言うじゃないですか。それのクソ悪い。けったくそ悪いは、けったいの最上級なんです」
益夫「ZZZZZ……」
半助「……以上です、おやすみなさい」

8 同・大通り(夜)

扉を閉めて立ち去ろうとして、
半助「……え、いいの? いいんだっけ(不安を打ち消すように)……いいんだよな。うん、大丈夫(と立ち去る)」

9 同・同(日替わり・朝)

半助が増田家の前へ行き、ドアを2、3度叩いて、
半助「益夫さーん? トラック来てますよー」

背後で河口家のドアが開き、益夫がいつもの調子で、

益　夫　「おはよう！」

半　助　「え？」

良江が弁当を手に出て来て、これまたいつもの調子で、

良　江　「あんた、今日は飲まずに帰って来んだよ」

増田家のドアが開いて、初太郎が、

初太郎　「いよう半助！　いい天気だなあ兄ぃ！」

半　助　「え!?」

光代が弁当を初太郎に渡しながら、

光　代　「まっすぐ帰って来ないと、承知しないからね」

初太郎　「わかってるよバカ野郎！　行こうぜ」

益　夫　「この天気が半月も続いてくれたら助かるんだがなあ」

益夫、初太郎、ゲートへ。釈然としないままついていく半助。

良　江　「ったく、男なんて酔っ払ったら、まるで子どもだね、みっちゃん」

半助の声　「その日を境に益夫と初太郎は、家とパートナーを取り違えてしまった」

10　同・屋上（日替わり・数日後）

タツヤ　「W不倫？」

半　助　「んんー、そういうドロドロした感じじゃ全然ないんだ。その日も普通に現場の後、楽しく飲んで……」

11　同・『男同士』・前（回想・夜）

益夫と初太郎、歌いながら帰って来る。

益夫／初太郎　「♪とーきーをー、かーけーるー少女ぉ～」

益　夫　「じゃあな初っつぁん」

初太郎　「おう！　また明日！」

半助の声　「つってまた、益夫さんは初さん家へ、初さんは益夫さん家へ」

それぞれ「ただいま！」「今帰ったよ」と入って行く。

12　同・屋上（回想戻り）

半　助「大らかで、牧歌的で、屈託がないんだよ。……けど、そんなことってある？　夫婦だよ、仮にも」

タツヤ「給料袋取り違えるのとは、わけが違うよな」

オカベ「子どもの頃、友達の教科書とか体育着とか、間違えて持って帰ったよね」

タツヤ「服は？　どうしてんの？」

半　助「もともと似たようなファッションセンスだから、あ、でも若干サイズが」

×　　×　　×

インサート（回想・朝）それぞれのドアの前。
ダボダボの益夫と、パツパツの初太郎が合流。

×　　×　　×

オカベ「もしかして、本気で、気づいてないとか？」

半　助「シャッフルしてることに？　いやいやいや」

タツヤ「気づかないふりを貫いてんのかも、気まずくなりたくないから、どこまでシラ切れるか、行けるとこまで行くつもりなんだよ」

オカベ「他に変わったところは？」

半　助「二人とも、嫁の悪口言わなくなった」

タツヤ「……そりゃそうだろ」

半　助「嫁の方も、夫の悪口を言わなくなった」

13　同・水場～大通り

良　江「野菜が高いねえ、高いよ野菜が、みっちゃん」

光　代「魚も高いよ、サンマなんか今じゃ高級魚だよ」

良　江「中国人がサンマの味、覚えちゃったんだって。テレビで池上彰が言ってたよ」

光　代「わたし、宮根、大っ嫌い」

と大笑いしながら帰って行く良江と光代。

鹿　嶋「……あんな夫婦ってある？　どっちもどっちだけどさ」

行　方「地獄に落ちるわよ、おてんと様が黙ってないよ」

土　浦「子どもに言われちゃった、うちもお父さん取っ替えれば？　って（笑）」

半　助「……うーん、どうしたもんかなあ」

タツヤ「放っときゃいいんだよ、ここじゃさほど珍しく

オカベ　ない」
　　　「俺ら、もっと面白い夫婦、知ってるし」
　　　ちょうど沢上家から、ツトム（9）まりこ（8）りか（7）シロウ（5）元気に飛び出して行く。
　　　妊婦の沢上みさおが出て来て、
みさお　「シロウ！　また、ツトムの靴はいてんじゃん」
ツトム　「僕ツトムだよ」
　　　夫の良太郎は末っ子りょうこ（3）を抱いている。
良太郎　「はははは、いってらっしゃい、ママ、お昼なに食べたい？」
みさお　「なんでもいい～」
タツヤ　「沢上良太郎、妻のみさおは妊娠中」
半　助　「……あの夫婦がどうかしたの？」
タツヤ　「父親が5人とも違うんだ、しかも全員この街にいる」
　　　5人の父親の粘着質な視線を浴びながら、街を歩くみさお。
オカベ（OFF）「長男ツトムの父親は宅配業者の横川さん。長女まりこの父親は、荒くれ者の熊さん。次女りかの父親は『男同士』の大将。次男シロウの父親は、八百屋の長谷川さん。三女りょうこの父親は、出稼ぎインド人のラジ二」
半　助　「いる！　確かにみんなこの街にいる！　大丈夫なの？　本人たちは知ってるの？」
タツヤ　「嫁の方はそりゃあ、身に覚えがあるからね」
オカベ　「けど、旦那と子どもは知らない」
タツヤ　「逆に言うと、旦那と子ども以外は、み～んな知ってる」
半　助　「……面白い」
タツヤ　「早いって半ちゃん、面白いのは、二人の馴れ初めなんだから」
オカベ　「二人とも、元々この街の住人じゃなかったんだ」

14　同・ゲート付近（回想・9年前）

　　　復興3周年イベントで賑わっている仮設住宅。タツヤ、オカベもいる。

タツヤ（OFF）「良さんは炊き出しのボランティアで、みさおさんは、たまたま慰問に来たご当地アイドル『べじっ娘』のメンバーだったの」

テントの中で汗をかき、豚汁を仕込むボランティアの良太郎。

良太郎「(ことさら張り切って) 熱い鍋が通るよ! 熱い鍋が通るよ!」

ご当地アイドル『べじっ娘』の〝かいわれちゃん〟こと、みさお、被災者に振る舞う豚汁にカイワレを添える。

みさお「がんばってくださーい、元気出してくださーい」

× × ×

『べじっ娘』のステージ、端っこで踊るみさお。

ベジ!・ベジ!・愛しのベジ!
ベジ!・ベジ!・ビー・マイ・ベジ!
シャキシャキレタスの気分で　プチプチトマトの余韻で
気まぐれサラダに乗り遅れ
三角コーナーで泣いてる私(かいわれ!)
草食なんて風評　風評
破ってビーガン　奪ってバージン
ベジ!・ベジ!　ノーモアベジ!

最前列でノリノリで声援を送る良太郎。

15　**同・仮設トイレ**

良太郎がドアを開けると、中でみさおがタバコを吸っている。

みさお「……誰にも言わないで」

良太郎「……かいわれちゃん」

みさお「お願い、運営側にバレたらクビになっちゃう! デビュー前なんです! 大事な時期なんです!」

良太郎「みんな帰ったよ」

みさお「!? (慌てて飛び出す)」

16　**同・ゲート付近**

べじっ娘「さようならあ——!」

走り去るワゴン車、トラック。みさお、置き去りにされ、

みさお「………」

17　同・同（回想戻り・現在・夕方）

オカベ「で、そのまますこに居残って、いつの間にか良さんとくっついて」

半　助「面白すぎる！」

タツヤ「腕のいい刷子職人だった良さんは、プレハブを工房にして高級ブラシを作ってる」

18　同・沢上家・内

末っ子のりょうこを背負って、黙々と作業する良太郎。

タツヤ（OFF）「カイワレちゃん推しだった良さんにしてみりゃ、夢が叶ったっつーか、ずっと夢ん中つーか。カイワレちゃんが街の男と関係を持ち、毎年のように子ども産んでも、それも夢の中の出来事なわけよ」

ツトム、シロウ、りか、まりこが「ただいまー」と帰って来る。

良太郎「おかえり～、もうすぐご飯だから手ぇ洗っておいで」

19　同・ゲート付近（夜）

タツヤ「……つまり、幸せの形なんて、人それぞれなんだよ」

オカベ「問題は、6人目の子の父親は誰なんだってぃう……」

自治会長、人目を気にしながら、みさおと親しげに帰って来る。

自治会長「（慌てて）違うよ、たまたま同方向だから！　夜道は危ないから！」

20　同・沢上家（夜）

食卓を囲む良太郎と5人の子ども。
良太郎が、まりこの顔をじっと見るので、

まりこ「なに？」

良太郎「なんでもない（とシロウを見る）」

シロウ「なあに？」

良太郎「うん、みんな大きくなったなぁって（笑）。

さ、食べよう」

ツトムが泣いている。

まりこ　「お兄ちゃん、りかちゃんが心配するから、泣くのやめて」

良太郎　「どうしたツトム?」

ツトム　「父ちゃん、俺たち、みんな父ちゃんの子じゃないって本当?」

まりこ、りか、シロウ、ビクンっとなる。

良太郎　「誰だよ、そんなこと言ってるのは」

ツトム　「みんな」

良太郎　「みんなって誰だよ」

ツトム　「みんなだよ、学校や街のみんな」

良太郎　「……ふうん、ツトムはどう思うんだ」

ツトム　「………」

良太郎　「父ちゃんは、みんな父ちゃんの子だって、ちゃんと知ってる。だから、大事だし、みんな可愛くてしょうがない。けど、それを押しつけるつもりはないよ。みんなが父ちゃんを好きでもなく、父ちゃんの子だって思えないなら……父ちゃん、みんなの父ちゃんじゃない、そうだろ、なあ」

ツトム　「俺だけじゃないんだ、シロウもまりこも言われてる。本当の父ちゃんは別にいる、知らないのはお前らだけで、DNNかんけーでわかるんだって……」

良太郎　「ん?　なんだって?」

ツトム　「DNNかんけーだよ」

ガラガラっと音がして、みさおが帰って来る、緊張が走る。

みさお　「ただいま」

良太郎　「おかえんなさい」

みさお、素通りして台所の方へ。一呼吸おいて話を続ける良太郎。

良太郎　「……人はいろんなこと言うよ、けど、本当の事なんか誰にもわからない。今度そんなこと言われたら、言い返してやれ『お前はどうなんだ』って。答えられるヤツがいたらお目にかかりたいね」

台所のみさお、気にも留めず、自分の晩飯をトレイに乗せる。

良太郎　「つまり、父ちゃんを信じるか、他の誰かを信じるか。父ちゃんのことが嫌いなら、その……

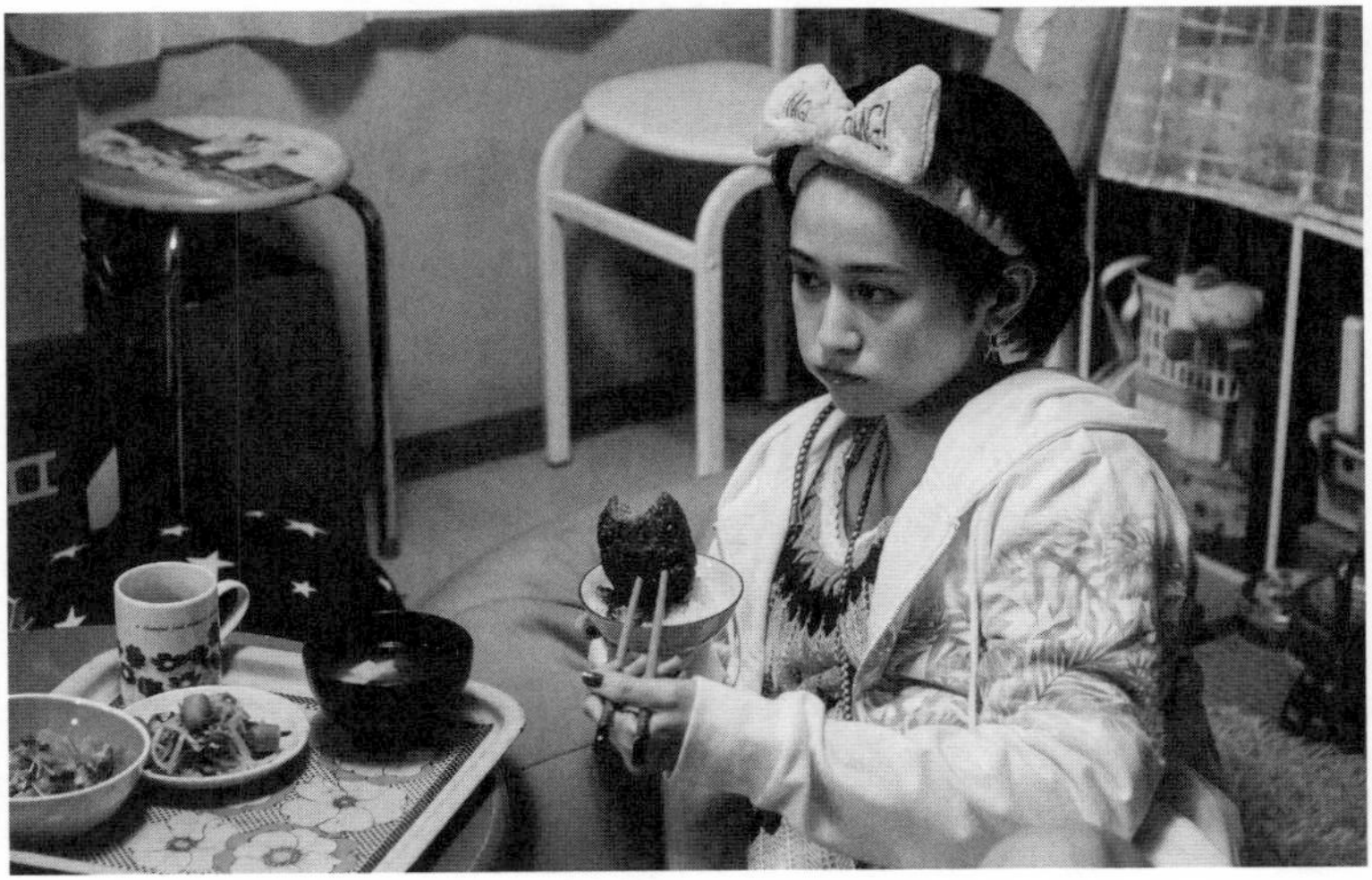
OMG!

DNNなんとかを信じればいい、さあ、どっちを信じる?」

ツトム「……父ちゃんだ!」

シロウ「父ちゃんだ!」

まりこ「父ちゃん」

りか「……私は姉ちゃん」

良太郎「わっはっはっは」

つられて笑う子どもたち。みさお、自分用のテーブルにトレイを置き、ふかふかのクッションに体をあずける。

みさお「……なによ」

みさおの食事、みんなより一品多い。

みさお「(お腹さすり)この子の分も食べなきゃいけないのママは、文句ある?」

静かに、思い出し笑いしながら食べる子どもたち。

21 同・半助の部屋(夜)

三木本への報告メールを送る半助。トラが猫まんまを食べている。

半助の声「確かに、幸せの形は人それぞれかもしれない。他人がとやかく言う筋合いはない……のか? う〜ん」

トラが「にゃあ」と鳴く。

22 銭湯・洗い場(日替わり)

並んで頭を洗っている益夫と初太郎。それぞれ左と右の足首に、ロッカーの鍵を巻きつけている。ゴムがだるだるに伸びている。半助、益夫の足から、慎重にゴムを引き抜き鍵を外す。

益夫「(目を閉じたまま)おいおい、初っつぁん、何してんだい」

続いて、初太郎の足からもゴムを引き抜く。

初太郎「へへへ、くすぐったいよ兄ぃ」

益夫の鍵と初太郎の鍵を入れ替え、それぞれの足に戻す半助。

益夫/初太郎「えへへへへ……」

23 同・脱衣場

それぞれのロッカーを開ける益夫と初太郎。

一瞬「？？」となるが、成り行きに任せパンツをはく。

24　『街』・大通り

益夫／初太郎　「♪ああ卒業式で〜、泣かない〜と〜、冷たい人って言われそう」

いつにもまして泥酔状態の益夫、初太郎。

半　助　「じゃ、明日も7時に迎え行きます（と去る）」

益夫と初太郎、お互いの出方を窺うように、

益　夫　「今日はちょっと飲みすぎたな、初っつぁん」

初太郎　「ああ、明日も晴れるといいけどなぁ」

益　夫　「よし、帰るか」

初太郎　「おう、帰ろう」

益　夫　「………」

初太郎　「……その前にしょんべんだ（とフラフラ暗がりに消える）」

益夫、どっちの家に帰るか迷っているようにフラフラ。

益　夫　「（突然）何見てんだ、この野郎！」

益夫、ドアに描かれた般若の絵に力任せに体当たり。

益　夫　「なんだそのツラぁ、文句あんのか！」

光　代　「うるさいよ、何時だと思ってんの」

光代がドアを開けると、益夫が玄関に転がり込む。

光　代　「……なに、あんたなの？　しょうがないね、こんなんなって、臭っ」

益　夫　「亭主に向かって臭って何だ、けったくそ悪い」

玄関先に倒れ、悪態をつく益夫を、中に引きずり込む光代。

初太郎　「ただいまぁ！」

光　代　「ちょうど良かった、手伝ってよ」

初太郎　「お、誰かと思えば兄ぃじゃねえか」

光　代　「一緒じゃなかったの？」

初太郎　「……どうだったかな。ほら、しっかりしろ兄ぃ！」

と、かなり乱暴に益夫を部屋に押し込む初太郎。

益　夫　「（目を覚まし）おう、初っつぁんじゃねえか」

光　代　「何寝ぼけてんのよ、初っつぁんに上げてもらったの」

益　夫　「そいつぁ、大きなZZZ驚きだZZZ……」

光　代　「助かったよ、じゃあね」

初太郎「お、おお、おやすみ」
光代「良っちゃんによろしくね」
なんとなく後ろ髪引かれるような感じで、去って行く初太郎。

25 同・同（日替わり・朝）

増田家のドアが開き益夫が欠伸しながら出て来る。
半助「（よし！）」
益夫、河口家のドア叩き、
益夫「初っつぁん、晴れたぜ、今日はいい天気だ」
初太郎、ドアを開け、
初太郎「いよう、兄ぃ、うわあ、眩しいなおい」
良江「あんた、今日はちゃんとまっすぐ……」
初太郎「わかってるよ、休肝日だろ？　なあ、半助」
光代「もお、弁当忘れてるよ」
益夫「わかってら（と受け取り）さあ、行くか、半助！」
半助「はいっ」
歩き出す3人。すれ違いにゲートの方から来る、島さん夫婦。
夫はスーツを着こなし、やや左足を引きずりながら、愛想良く「おはようございます」とひとりひとりに挨拶する。
一方、妻は日傘を差し、仏頂面で歩く。
島さん「（突然、立ち止まり）けっ！」
主婦達、驚いて、手を止める。島さん、全身を小刻みに震わせ、
島さん「……けけけ、けけけけ、ふんっ。……おはようございますぅ」

つづく

第4話「牧歌調」監督解説

宮藤官九郎

田中邦衛さん（初太郎）と井川比佐志さん（益夫）が酔っ払って、夫婦入れ替わったのに全然テンションが変わらないシーンは『どですかでん』の中でもいちばんコミカルなシークエンスですね。それを増子直純（益夫）さんでやりたかった。初太郎は荒川（良々）くん。4話は増子さんと荒川くんだから自分で撮ったというのが大きいかな。後は原作の「とうちゃん」のエピソードと、若い女房をもらった男の話「箱入り女房」の章をミックスできないかと思い、みさおの設定を、慰問に来たご当地アイドルのメンバーにしました。

本当は「牧歌調」だけで1話分できるけれど、無理やりでもいいから「とうちゃん」を入れると『季節のない街』も『どですかでん』も網羅できるんじゃないかと。映画でみさおが歩いているところに男達が次々言い寄るシーンの、性が乱れている感じがよく出ていて、それと「牧歌調」の夫婦交換は、リンクしそうだなと。

良太郎は映画では三波伸介さんがやった役で、これを塚地武雅さんにって配役は自分でもうまくいったなと思います。みさお役にまさかの前田敦子さんまで出てくれましたし。キャスティングは誰もみんな素晴らしかった。

みさおがトイレでタバコを吸う場面は、僕の頭の中では仮設トイレ＝洋式だったんですが、横浜聡子さんが「和式じゃなくていいんですか？」っておっしゃって、確かに、その方がインパクトあるなぁと思って取り入れました。でも、現場ではちょっと躊躇してしまって「僕は洋式で良かったんですけど、これ、横浜さんの発案なんで」って言い訳しながら。

劇伴同様「べじっ娘（こ）」の曲も大友良英さんです。「あまちゃん」でも思ったけど、アイドルの曲は、専門外の人が作った方が、意表をつくと思うんです。好きでアイドル聴いてる人が無意識に聞き流しちゃうところに反応しちゃうというか。だからちょっと、変なんですよね。

初太郎と益夫は、原作では実はそこまで仲が良くない。夫婦入れ替わり後、お互いの行動を監視するために仲良くなるんです。そこは映画になかったので描きたかった部分。本当は元に戻りたくてもできず、半助が銭湯でロッカーの鍵を入れ替えるナイスプレーによって、2人の服が変わるけど、何事もなかったかのように着る……このモヤモヤを表現したかったんです。

2人の家の扉が赤と黄色で対になっているのは映画もそうですけれど、実際に仮設住宅って、住人が各々、生活しやすいようにカスタマイズしてるんです。みんな一緒で自分の家の見分けがつかなくなるからか、勝手にドアの色を変えていたりするんですよね。

男同士

第5話 僕のワイフ

第5話
僕のワイフ
監　督　宮藤官九郎

田中 新助（半助）　池松 壮亮
与田 タツヤ　仲野 太賀
オカベ　渡辺大知
擬人化トラ　皆川猿時
ホームレス父　又吉 直樹
京太　岩松 了
妙子　広岡 由里子

行 方　伊藤 修子
土 浦　川面 千晶
鹿 嶋　上田 遥
自治会長　小宮 孝泰
長谷川　松浦 祐也
ホームレス少年　大沢 一菜
『吉水』店員　嶺 豪一
井川　橋本一郎
浜口　平原テツ
ワイフ　LiLiCo
島 悠吉　藤井 隆
三木本　鶴見 辰吾
綿中 かつ子　三浦 透子

1　『街』・半助の部屋

猫まんまを食べるトラ。

半　助「また太ったでしょ」

トラの声「半助さん、それ、猫ハラですぅ」

半　助「いいから運動してこい、開けとくから」

窓を開けると、隣人の島さんが、素晴らしい笑顔で立っている。

島さん「い〜い陽気ですねえ〜、田中さん、今日はオフですかぁ？」

半　助「………」

島さん「あっ、すいません、昨日エントランスでお見かけしたのですっかり打ち解けちゃって、隣に越して来た島と申しますぅ」

窓越しに名刺を差し出す島。

『NO　SEASON　島悠吉』見覚えのあるイルカのマーク。

島さん「わからない事だらけなので、いろいろ教えてくださいね」

半　助「あ、はい」

相変わらず素晴らしい笑顔で立っている島さん。

半　助「あ、今？」

2　同・水場

街を案内して回る半助。島さんがホームレス親子に、

島さん「こんにちわぁ、名刺切らしちゃってて（背広をめくり）島ですぅ」

背広の内側に『島』の刺繍。

半　助「共同の水道です。部屋にもついてますが、僕はほとんど自炊しないんで、ここで間に合わせてますね」

島さん「なるほど、なるほどですね、あ、島ですぅ！」

と、自治会長には名刺を渡す島さん。

半　助「コインランドリーもあります、Ｗｉ－Ｆｉは……」

島さん、突然の発作＝顔面痙攣（小）が起こる。

島さん「けけけ、けけ、けけけふん……失礼」

半　助「……Ｗｉ－Ｆｉは、タツヤん家のルーターを、

みんな勝手に使ってます」
島さん　「素敵ぃ、お風呂は？　みなさんどうされてます？」
半　助　「部屋のは狭いんで、銭湯が歩いて5分のところに……あ（大漁旗を指し）あれは、この街のシンボルで……」
島さん　「け！（フリーズ）……けけけけ！」
たまたま通りかかったかつ子が驚いて、紙袋に入った不織布マスクをぶちまける。
半助の声　「突然始まるそれは、島さん自身もコントロールできない、彼の……」

3　同・半助の部屋

報告書を書いている半助。
半　助　「（手を止め）なんだろ……癖？　ルーティーン？　個性？」

4　同・水場

半助の声　「突然フリーズして、片方の眉が吊り上がり、素早い瞬きが始まる」
顔面痙攣（大）が起こる。
半助の声　「続いて左右の目、口元が、それぞれ別々に痙攣を始める。同時に喉の方から、なにやらこみ上げてきたものが…」
島さん　「けけ……けけけけけ……ふん」
半助の声　「けけけふん、という音とともに鼻へ抜けるのだ」
島さん　「（鼻をこすり）失礼……続けてください」
半　助　「……なんでしたっけ、あれ？　あははは」
足を少し引きずって歩く島さん。
島さん　「学生の頃、ラグビーで怪我しちゃって、気になりますよね」
半助の声　「足よりも『けけふん』の方がよっぽど気になる」
島さん　「仕事は不動産の仲介業で復興事業にも関わらせていただいています。急な転職だったんで転居先が決まらず、ワイフはホテル住まいを希望してたんだけど、駅前は環境が良くないでしょう」
半　助　「ここの方がよっぽど環境悪いですよ」

島さん　「上司に相談したら、期限付きで借りられました。ここ、いいよね～、解放的で、みんな温かいし、け……（フリーズ）」
半助の声　「来るか?」
島さん　「……景色もいいし」
半助の声　「来ないのか」
島さん　「ワイフもすっかり気に入ってるんですぅ」

5　同・半助の部屋（夜）

タツヤ　「……怪しい」
半　助　「やっぱそう思う?」
タツヤ　「この街来て、聞いてもないのに自分のことベラベラ喋るヤツ、だいたい経歴詐称してるから、な?」
オカベ　「島さんはよくわかんないけど奥さんは……」
半　助　「ワイフ見たの?　マジ!?　どんな人?」

6　同・八百屋（回想）

店主・長谷川　「……え?　え?　え?　お客さん、何してんの」
くわえタバコの島さん妻、八百屋の前でキャベツの葉をむしる。
妻　「痛んでるから」
配達中のオカベ、思わず自転車を止める。
妻　「量ってちょうだい」
長谷川　「……お客さん、キャベツは重さじゃなくて、1コいくらだから」
妻　「なにそれ（失笑）こんな痛んだ葉っぱも値段に入れんの?」
スマホで、むしった葉っぱの写真を撮る妻。
長谷川　「なになに、今度はなに」
妻　「拡散すんのよ、ハッシュタグ、痛んだキャベツでボロもうけ」
長谷川　「わかったから、もう、お金いいから持ってってよ」
島の妻の目が据わり、街中に響き渡る大声で、
妻　「なんやとコラァ!　おどれ誰がおどれタダでめぐんでくれ言うたんや!　おどれコラ、金払う言うてんねんおどれ（動画を撮りながら）被害者ヅラしておどれクレーマー扱いしくさってお

どれ、気ぃ悪い、気ぃ悪いでおどれ!」

長谷川「はいはいはいはい量ります! 量りますから!」

長谷川、観念してキャベツの重さを量る。

オカベの声「驚いたのは、帰り際、自分がむしって捨てた葉っぱも、ちゃっかりエコバッグに回収して帰ったのよ」

7 同・半助の部屋(回想戻り)

半助「そんなワイフなの!?(笑)」

オカベ「この街、個性的な人多いけど、あれはニュータイプ」

タツヤ「ニュータイプ(笑)」

オカベ「水場のおばちゃんたち言ってるよ、島さんは良い人だけど、あのケケフンと鬼嫁だけは受けつけないって……」

突然、隣室からドン!という音。

一同「!?(ビクッとして顔を見合わせる)」

島の妻らしき女性の怒号が聞こえる。半助、耳をそばだて、

半助「『おどれおどれ』言ってる」

タツヤ「……やばいよ、壁薄いんだから」

オカベ「……行って謝った方がいいんじゃない? お隣さんなんだから……」

その時、窓をコンコンと叩く音。

半助、恐る恐る窓を開けると、島さんがワイングラス片手に、

島さん「やってる?」

半助「やってる? ……ああ(笑)やってますね、よかったら一緒にどうです?」

タツヤ「(小声で)おい」

島さん「素敵! ちょっと待ってて! すぐ行く! すぐ行くから!」

8 高級天ぷら店『吉水』・店内(日替わり)

半助「つって島さんが、高いワインとキャビアと硬いパン持って来て、急にセレブのパーティーみたいになったんです」

三木本「マジか、ますます謎だな、そいつ」

半助「しかも酒入ったら、貧乏自慢ていうか、苦労

人アピールが始まって」

9　『街』・半助の部屋（回想）

島さん　「諸君は若いから、本当の貧乏なんて経験してないだろうね」

タツヤ　「そんなことないよな」

半　助　「今も、ご覧の通りの暮らしぶりで」

島さん　「いーやこんなもんじゃない。僕とワイフは社会の底辺の、さらに底の底を渡り歩いて来たからね」

一　同　「へえ（としか言いようがない）」

島さん　「例えば諸君は、マジック1本で、合法的にまとまった金を手に入れる方法、ご存知ですか？」

オカベ　「マジック1本？」

島さん　「そうマジック1本、大阪だったら新大阪。品川駅行くんです。コンビニで買ってね、改札で一日張ってるとね、野球選手とか芸能人、必ず通るから、ファンです〜、サインください〜って、色紙があればなお良いけど、Tシャツでも何でもいいから書いてもらって、ネットで転売するんです」

一　同　「いやいやいやいや……」

島さん　「上沼恵美子さんなら最高2万の高値がつきます」

一　同　「……いやいやいやいや」

島さん　「で、気づきました。サインだけなら本人じゃなくても良くない？　って。それからは筆跡を研究して徹夜でサインの模写。ワイフなんて一時期、上沼さん本人より上沼さんのサイン書いてたもんね、わかる？　プライドさえ捨てたら、金銭を得る方法なんていくらでもあるわけ」

10　高級天ぷら店『吉水』・店内（回想戻り）

三木本　「どうしようもねえな」

半　助　「正直げんなりしました、けど、いちばん怪しいって言ってたタツヤが、なぜか食いついたんです」

11　『街』・半助の部屋（回想）

タツヤ、上着を脱いでTシャツを見せて、

タツヤ　「これ、だいぶ薄いですけど、慰問に来たAKBのサイン」

島さん　「……5万は下らないね」

タツヤ　「マジすか！　うち帰ったら、新庄のサインボールもあるんだけどな」

島さん　「与田くんは、お金に困ってるの？」

オカベ　「お兄さんが怪我で入院してるんです」

タツヤ　「おい！」

島さん　「よかったらうちのオフィス、遊びにきなよ、仕事手伝ってよ」

タツヤ　「いや、でも……」

島さん　「サインの転売は昔の話。今は復興住宅とか、オープンイノベーションで、過疎の町にカフェをプロデュースしたり、手広くやってるんだ」

オカベ　「かふぇ!?　タッちゃん、カフェだってよ」

タツヤ　「実は青年部で、ここにカフェ作ろうって計画があるんです」

島さん　「素敵じゃん、一緒になんかやろうよ、あ、名刺……けけけ（フリーズ）」

オカベ　「（思わず）来た」

島さん　「けけ、けけけけ、けけけふんっ！……あ、名刺、島ですぅ」

12　高級天ぷら店『吉水』・店内

半　助　「で、タツヤ、島さんの会社で働くことになって。けど、どうなんすかね？　カフェが無いから過疎ってるんじゃなくて、過疎ってるからカフェがないんでしょ？」

三木本　「お前はどうなんだよ？」

半　助　「なにが」

三木本　「なにがじゃねえよ、報告書、最近ぜんぜん送って来ないじゃん、ナメんなよ、日雇いやってんだって？　ナメんなよ」

半　助　「つーかあれ、誰が読んでるんですか？」

三木本　「俺だよ」

半　助　「ミッキーさんも、誰かに頼まれて、俺に振ったわけでしょ？　誰が何の目的で読んでるか、わ

かった方が書きやすいんですけど」

三木本「あの街、取り壊しが決まってんのよ」

半　助「………」

三木本「何その顔、当たり前じゃん、仮設なんだから」

半　助「……いや、あんまりサラっと仰るから」

三木本「一世帯でも残るって言ったら壊せないんだと。強制は出来ないから一軒一軒回って交渉すんだけど、どいつもこいつも大人しく出て行きそうにないじゃん、だから、弱味握っときたいわけ」

半　助「……なるほど」

三木本「ホームレスとか外国人とか、すぐ住みついちゃうし、その島ってヤツも、どうせ又貸しだろ？　元々住んでたヤツ、死んでるかもしんねえな、ありがと、調べとくわ」

3万円を財布から出して、半助のポケットにネジ込み、立ち上がり、

三木本「引き続き見張り頼むわ、また残しちゃった」

残した天ぷらを、店員が奥へ持って行く。

半　助「………」

13　同・駐車場

擬人化したトラが、待ちかねたように天ぷらにかじりつく。

その脇を半助が通りかかる。

半　助「トラ?」

気まずいのか、聞こえないフリでやり過ごすトラ。

半　助「トラだよな、なにやってんのトラ、こんなとこで……」

キレ気味に「にゃあ!」と鳴き、逃げて行くトラ。

半助の声「その日、トラは帰って来なかった」

14　株式会社ノーシーズン・オフィス（日替わり）

半助の声「タツヤは島さんに気に入られたようで、忙しく働いている」

洗練された現代的なオフィス。

島さん「フリーアドレスだから、好きなとこ座って」

ムードに圧倒されながら、喜びを隠せないタツヤ。

15　『街』・半助の家（夜）

作業着で帰って来て地下足袋を脱ぐ半助、オカベが部屋にいて、

半　助　「ウソだろ!」

オカベ　「ごめん、窓開いてたから」

半　助　「玄関も開いてますけど!　窓はトラが帰って来ると思って……」

オカベ　「これ、新発売、うまいよ（冷蔵庫からアイスを差し出す）」

半　助　「……ありがと」

オカベ　「お隣に、酒届けに来たんだ」

半　助　「島さんち?」

オカベ　「今夜、客が来るみたい（何か言いたげ）」

半　助　「ふーん（アイス食べる）……なに?　なんかあった?」

オカベ　「……す……好きな人がいるんだ」

半　助　「かっちゃん?」

オカベ　「え!?　な、なんで?　なんでわかった?」

半　助　「わかるよ、だって、わからないようにしてないでしょ」

16　同・2号棟・綿中家・内

不織布マスクを折り畳み、袋に入れるかつ子と伯母の妙子。

オカベの声　「……可哀相なんだ、伯父さんがひどい飲んだくれでね」

妙　子　「明日は晴れてくんないと、洗濯物がたまってしょうがないよ」

夫の京太、湯飲みに酒を注ぎながら

京　太　「お前は、すぐ天気がどうこう言うけどね、それは気象学としての文句か、天文学としての文句か?」

妙　子　「あー肩が痛い」

黙って妙子の肩を揉むかつ子

京　太　「それは医学的というより力学的な痛みだあね」

17　同・半助の家・内

オカベ「だから……時々、お菓子あげたり、おしゃべりしたりしてたんだけど……わかったよ、今度から、コソコソするよ」
半　助「いいよ、堂々としなよ」
外が騒がしくなる。

18　同・島さんの家・前

仕事帰りの島さん、同僚の浜口、井川、タツヤを引き連れ帰って来る。
島さん「ただいまー、帰ったよー」
電気は点いているが返事はない。

19　同・島さんの家・内

浜　口「……あの、やっぱり僕ら、失礼しますよ」
島さん「いーのいーの、彼女も楽しみにしてるんだから。おーい。……風呂かな。どうぞ、遠慮されるような邸宅じゃないんだ、楽にして」
物が少なく片づいた居間だが、男四人はさすがに窮屈。
井　川「(間を埋めようと) それにしても今日は、気づきと学びの多いディスカッションだったね」
島さん「そうでしょう (女座りで) イノベーションの基本は、地元住民に対するリスペクトの精神なんだよ。あ、グラスが出てないね」
タツヤ「自分取って来ます (と台所へ立ち) !?」
暗い台所、スマホの灯りで照らされ、浮かび上がる妻の顔。
妻「………」
島さんの声「おーい、君、こっち来てみんなに挨拶したまえよ」
タツヤを睨みつけたまま、電子タバコの煙を大量に吐き出す妻。
タツヤ「………」
島さん「有望なる僕のチームのメンバーなんだ、紹介するから出ておいで……」
妻「(大声で) あー電波悪いね、ったく！　くそ電波！」
一　同「………」
妻「イライラする、夜中にのこのこ他人の家に、たかりに来る連中のせいや」

島さん　「（誤魔化すように）しかしナンだね浜口くん、ヤクルト勝てないねえ」
妻、丼に盛った漬物とポテトチップスを持って来る。
島さん　「えーと、僕のワイフです、こちら井川くん、浜口くん、与田くんは会ったことあるだろ…」
タツヤ　「や、でも、ちゃんとご挨拶してないんで（座り直す）」
井　川　「（座り直し）夜分におしかけてすいませ……」
乱暴に放ったため、漬物の器がテーブル上を滑り、汁が井川のズボンに飛ぶ。
島さん　「けけ……」
半助の声　「今こそ、例のケケフンが起こればいいのに、島さんはそう思った事だろう、しかし、こういう時に限って、ヤツはそっぽを向く」
島さん　「……ふん」
妻　「風呂。ばら寿司」
妻、風呂セットをぶら下げ、ドアをバン！　と閉めて出て行く。
島さん　「……さっ、乾杯しよ、大吟醸。改めて、先輩の井川くんから（酒を注ぐ）確かジュニアが生まれたばかりだったね」
浜　口　「それ、僕です」
島さん　「そうかそうか、お祝いしなくちゃね」
と、言いながら注ぎ、乾杯して飲む。沈黙。
島さん　「……やっぱり燗にしましょう、冷えるからね」
行こうとするタツヤを制し、自ら台所に立つ島さん。
半助の声　「三人は、心の中で涙ぐんでいた。足が悪く、持病を持ち、しかも陽気で明るく、紳士的な島さんが、客をもてなすために独り奔走している姿を、ただ見守るしかなかった」
島さん　「湯豆腐とばら寿司はね、我が家の名物なんだ、これを食べてもらわなきゃ始まらない」
島さん、足を引きずりながら、鍋をカセットコンロにのせ、
島さん　「……そうだ。諸君は、マジック1本で合法的に……」
井　川　「サインの転売ですよね」
タツヤ　「……すいません、僕、話しちゃいました」
島さん　「……あそう」
浜　口　「偽造は犯罪らしいですから、気をつけてください」

島さん　「昔の話だよ、やだな、もうやってませんよ」
タツヤ　「……島さん」
島さん　「じゃあアレは？　炊き出しに何度並んでもバレない方法……」
タツヤ　「あの、島さん」
島さん　「なあに？」
タツヤ　「アレすかね、僕ら今日、招かれざる客、って感じだったんスかね」
島さん　「なんで？」
タツヤ　「なんでって……」
タイミング悪く島さんの発作が起こる。いたたまれない三人。
島さん　「けけ、けけけ、けけけけ……ふん。……なんか僕、気に障ること言った？」
タツヤ　「や、島さんは良い人っす、すげえ良い人、だけど、いやだからこそ、なんなんすか、さっきの」
島さん　「さっきの？」
タツヤ　「（努めて冷静に）……僕のワイフだって、紹介しましたよね、だから、井川さんも浜口さんも、挨拶したのに……なんスか、あの態度！」

井　川　「まあまあ、与田、そのへんにしとけ」
島さん　「いやいや、申し訳ない」
井　川　「いやいや島さんが謝ることないですよ」
タツヤ　「そうですよ、島さん責めてるわけじゃないんです、むしろ尊敬してるからこそ、なんつうか……」
浜　口　「人間的義憤ってやつかな？（笑）」
島さん　「なんかわかんないけど、ごめんね」
井　川　「いやいや、だから島さんが謝るのは違うでしょ」
島さん　「いやいやいや井川くん、あれはああいう女、感情表現がヘタ？」
タツヤ　「そんなレベルの話じゃないッスよ！」
島さん　「だからごめん」
井　川　「いやいやいやいや、アンタに怒ってるんじゃないから」
島さん　「怒ってるの？」
井　川　「怒ってるとしたら怒らないアンタに怒ってますよ！」
タツヤ　「そうですよ、僕らに対する態度はよしとしましょう、よくないけど、でも、許せないのは、

浜口　夫である島さんに対する態度です！」
タツヤ　「確かにリスペクトがなかったね（笑）」
島さん　「『おかえり』のひと言もない、くそ電波！　って、テーブルに漬物どん！　ポテチぼん！　風呂！　ばん！　なんなんスか！　あー腹立ってきたあ！」
井川　「ごめん」
島さん　「だからさあ！　アンタが怒るべきなんだって、あの女に対して！」
タツヤ　「見下してるっしょ、奥さん、俺らのこと。そりゃこんな街ですけど、いや、こんな街だからこそ、挨拶とか礼儀とかちゃんとしてますよ、熊さんだって六ちゃんだって、ホームレスだって、やってますよ」
島さん　「だからこの通り、僕が代わりに謝……」
井川　「謝るなって！　だから、あんな女のためにさあ！　情けないよ！　悪いのはあの女なんだって！　謝るくらいだったら、今すぐ、あの女を叩き出せよ！」
井川　「!!」
次の瞬間、島さんが井川に勢いよくタックルする。
背後の壁に押されてドン！と背中をぶつける井川。
島さんが井川に馬乗りになり、組み手の体勢で、
島さん　「何を言うんだ！　君は、何を言うんだ、うおお！」
タツヤ　「島さん！」
島さん　「叩き出せとはなんだ！　僕のワイフが、君らに何か〝した〟ならともかく、何もしないからって、叩き出せとはなんだ！　うおおお！」
浜口　「やめましょうよ、島さんも井川くんも……」
井川　「いいから、島さんの言い分を聞こう」
島さん　「……はぁ……はぁ……うおおっ！　あれは僕のワイフだ。そりゃ君たちには……三文の値打ちもないように……見えるかもしれないけど……誰がなんと言おうと、僕のワイフなんだっ！」
騒ぎを聞きつけ駆けつけた半助とオカベ。
島さん　「彼女は僕のために苦労してきたんだよ、品川駅で有名人を待ち伏せしたり、炊き出しに何回も並んだり、そんな屈辱的なことまでしなきゃいけない貧乏にも耐えてくれたんだよ、それをなんだ！　どんな権利があって君は、叩き

出せなんて言うんだ、君は……僕とワイフの何を知ってるって言うんだ！」

言葉を絞り出す毎に、掴んだ井川の肩や腕をグイグイ押す島さん。

浜　口「もういいでしょう、島さん（笑）離して……」

島さん「ヘラヘラすんじゃねえよ！」

半　助「（タツヤと目が合い）すごい音したから、だいじょぶ？」

タツヤ「………（呆然）」

ようやく解放された井川、座り直し、

井　川「わかった、わかりました、僕の失言だ、島さん、許してくれ」

島さん「……はぁ……はぁ……はぁ」

タツヤ「いや、言いだしたのは僕です、すいませんでした……」

島さん「けけけけ！……けけっ！……けけけけけ……けけけけけ…」

過去いちばんの発作が起こる、黙って待つしかない一同。

島さん「……ふん。……さあ、飲み直そうじゃないか」

井　川「ごめん、とてもそんな気分じゃない。お開きにしましょう」

島さん「……まだ始めたばかりじゃないか。与田くん、そっちにばら寿司があるんだ、取って来て……」

タツヤ、言われるままに台所へ。しかし、井川と浜口は、帰り支度。

島さん「帰らないでくれよ、頼む、この通りだ、与田くん、早く」

重箱の蓋を開けて、固まっているタツヤ。

タツヤ「……僕らこれ、食べる資格ないです」

重箱の中のばら寿司、魚介類などの具材が彩りよく配置され見栄えが素晴らしい。

オカベ「（覗き込み）すげえ（思わず写真を撮る）」

島さん「言っただろう、ワイフは楽しみにしてたんだよ、君たちの来訪を」

タツヤ「………すいません」

20　同・同・前

浜　口「……お邪魔しました」

礼を述べ去る浜口と井川を、送り出しに来る島さん。

島さん　「これに懲りずに、また一杯やろうじゃないか」
うなだれて戻ろうとした時、妻が玄関脇のベンチに腰かけ、タバコを吸っている。

妻　「風呂、休みだったよ」

島さん　「……あ、そう」

妻　「聞いたよ、僕のワイフだって?」

島さん　「………」

妻　「ふん、私がお前のワイフだって、笑わせんじゃないよ」
決まり悪そうに中へと入っていく妻。

島さん　「……けけけ」

21　同・半助の家

ばら寿司のお裾分けをもらって帰って来た半助。
部屋に入るとトラが待っている。

半　助　「トラ……どこ行ってたんだよ、トラぁ!　心配したぞ!」

22　同・藤棚(日替わり・朝)

半助の声　「島さんのおかげで、タツヤの夢は、少しずつ現実に近づいていた」
タツヤがカフェの構想図を半助に見せる。

タツヤ　「ログハウス風にしようと思うんだ、こんな感じでウッドデッキ作って、半ちゃんの大漁旗は、このへんにこう……」
藤棚の下、人目を気にしながらお菓子を食べるオカべとかつ子。

タツヤ　「こそこそすんなよ!」

半　助　「かえって目立ってるよ(笑)」

23　高級天ぷら店『吉水』・前(日替わり)

半助の声　「それからしばらく経ったある日……」
暖簾をくぐって出て来る三木本。

半　助　「あ、ミッキーさん……」
声をかけようと近づいた時、後から続いて出て来る男性客。

半助「……（島さんだ）」

街にいる時と違って、険しい顔の島さん。輪ゴムで束ねた万札を三木本に渡す。三木本、頭を下げ、タバコを差し出す。一本引き抜いて、くわえる島さん。すかさずライターで火をつける三木本。

半助「……どうゆうこと?」

つづく

第5話「僕のワイフ」監督解説

宮藤官九郎

映画の島さん役の、伴淳（伴淳三郎）さんが、直前までニコニコしていたのにいきなりキレてつかみかかる場面が本当に素晴らしくて、何度も観返して、他の作品でも何回か、人がキレる場面で「あのバンジュンみたいに」って演出してきたほどです。だからどうしても自分で演出したい回なので、この人が突然キレたら怖いだろうという人、藤井隆さんにお願いして、その場面はわざわざ別日にセットに来てもらって、リハーサルしました。

役者の気持ちが途切れないように、とにかく一連で全て撮りたいって撮影の近藤さんに伝えて、押し入れ側と玄関側からカメラ2台で撮影。藤井さんに「もっと本気でぶつかってください」とお願いしました。編集の時にも映画を観返しながら、極力カットを割らずに藤井さんの表情だけを見せていく方向で仕上げました。さらにこの場面は、キレた後の気まずさもいいんですよね。「今こそ例のケフフンが起こればいいのに」という原作の文を、半助のナレーションで入れることで、さらに強調できたかなと。

ワイフ（LiLiCoさん）に対する島さんの愛情も、映画より原作に近いかなと思っています。八百屋でのワイフの剣幕もすごいけど、島さんはワイフのことが本当に好きなんだって伝わった方がいいと思って、ばら寿司のくだりも加えて、映画にはなかった原作の「私があんたのワイフだって。笑わせんじゃねえよ」ってセリフも、LiLiCoさんは絶妙な言い方してくれたし。

最後に島さんの会社・ノーシーズンが立ち退きに関わってる伏線——あの設定は藤井さんだからこそできたんだけど——を足して。でも構成としては5話がいちばん『どですかでん』をなぞっていますね。小説では島さんはいろんな場面に登場するけど、映画は省略していて、だからこそあの夫婦のことを観る側が勝手に想像する効果がある。省略することで生まれるものっていっぱいあるんですよ。やっぱり黒澤明すごいなぁと。ちなみに、『どですかでん』は黒澤監督の初めてのカラー作品。1970年作だから、カラー作品はいっぱいあったんですが、自分がやりたいことにカラーの技術が追いついていなかったから、ずっとモノクロで撮っていたという。改めて観ると、すごくシュールでアーティスティックな作品でした。

自分としては、この5話を撮り終えた時点で、30年分の募った思いは相当晴らせました。

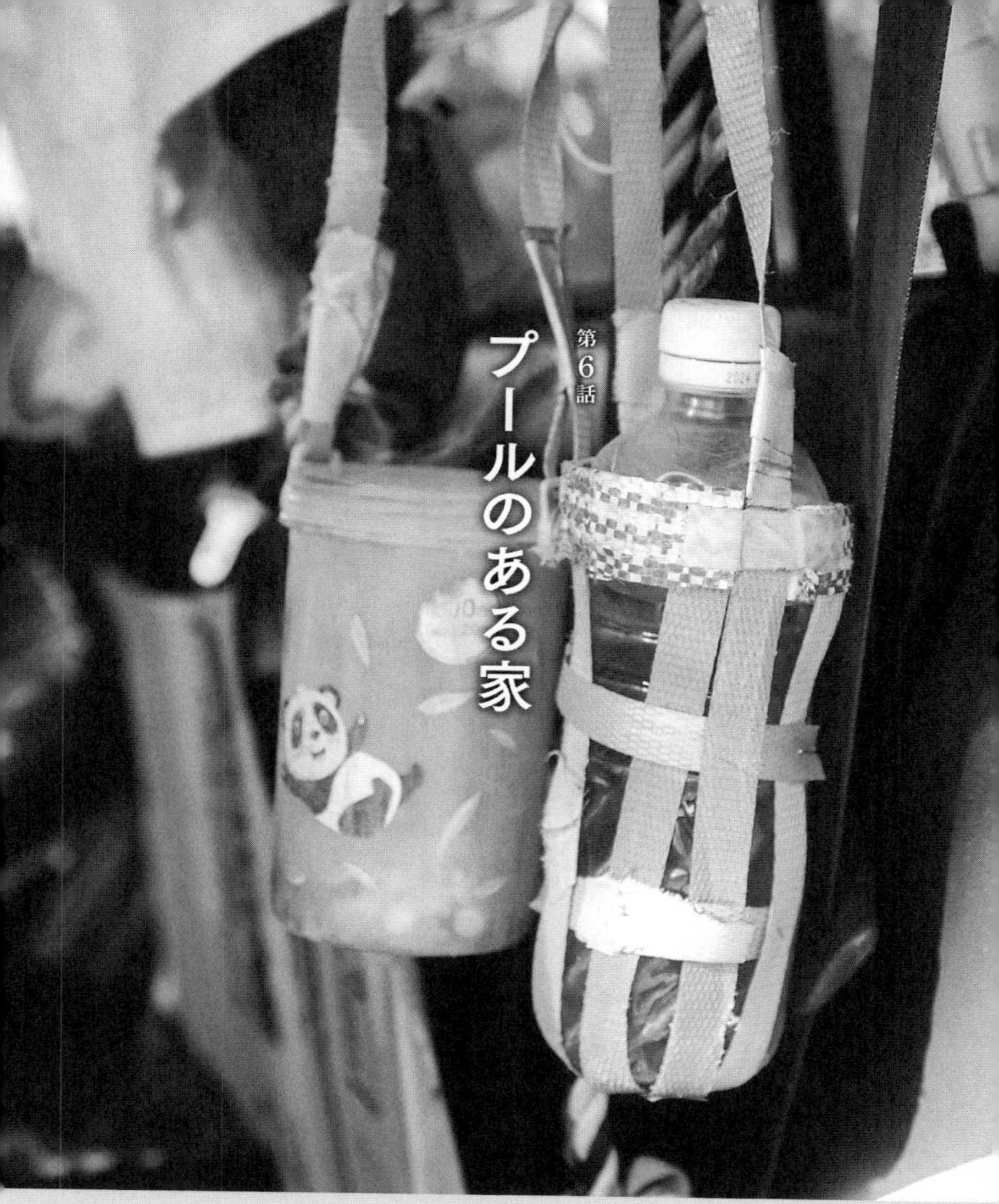

第6話 プールのある家

第6話
プールのある家
監　督　渡辺直樹

田中 新助（半助）　池松 壮亮
与田 タツヤ　仲野 太賀
オカベ　渡辺 大知
ホームレス父　又吉 直樹
ホームレス少年　大沢 一菜
河口 初太郎　荒川 良々
擬人化トラ　皆川 猿時

京太　岩松 了
妙子　広岡 由里子
熊　奥野 瑛太
『吉水』店主　鈴木 晋介
『吉水』店員　嶺 豪一
井川　橋本 一郎
浜口　平原 テツ
くに子　片桐 はいり
島 悠吉　藤井 隆
たんばさん　ベンガル
三木本　鶴見 辰吾

綿中 かつ子　三浦 透子
六ちゃん　濱田 岳

1　湖沿いの道

ホームレスの親子が歩いている。少年はクーラーケース、父は紙袋を提げている。

父　「場所は丘の上がいいな」

少年　「うん、そうだね」

父　「日本人は昔から、山の麓とか谷間とか、低い土地に家を建てたがる」

少年　「うん、確かにそうだ」

2　『街』・わんぱくデリカ・前

父　「それには理由があるんだ、日本は地震や台風が多いだろう、災害の危険が少ない、低い土地を選ぶのは、いわば必然なんだよ」

少年　「うん、シツゼンじゃしょうがないよ」

幟をしまう店主くに子、ホームレス親子を見つけ、

くに子　「あら、ナイスタイミング！　ちょうど2つ売れ残ったのよ」

骨付きチキンは、迷った末に残し、コロッケを包んで差し出す。

少年　「……ありがと」

半助の声　「リッチマン親子は、廃品置き場に住んでいる」

3　同・ホームレス親子の家

半助の声　「捨てられた軽自動車の荷台で雨風をしのぎながら、ふたりは、いつか建てるつもりの、自分達の『家』について語り合う」

後部座席に座ってコロッケを食べる親子。

父　「ただ、自分が住むとなると、民族性ばかり気にしてもいられない」

少年　「ミンゾクセエは大したことないと思うな」

半助の声　「子どもは学校に行ってない。中学生にしては体が小さく、小学生にしては口調が大人びている」

擬人化したトラが骨付きチキンを食いながら通りかかり、勝ち誇ったように「にゃあ」と鳴く。

4　同・半助の部屋

飯が炊き上がり、トラが窓から入って来る。

半　助「お！　来たな、食いしん坊トラめ、さあ、今日のご飯は何だと思う?」

トラの声「猫まんまだろ?」

半　助「猫まんまで――す！」

トラの声「よく毎回そのテンションで言えるな」

半　助「♪ネコネコまんま、ネコまんま（と歌いながら鰹節を削る）」

トラの声「猫まんま猫まんま言うけど猫が猫まんま食うのはネーミングに対する責任感であって実際猫まんま好きって猫に会ったことねえし、人気で言ったらタコライスの方が断然上だから。猫まんまよりタコライスの方が猫まんまだから……」

半　助「あ～じ～へ～ん～」

半助、チュールをふりかける。顔をうずめ貪り食うトラ。

トラの声「ちきしょお、止まらねえ！　止まらねえよ！」

いつの間にか玄関に立っているタツヤ。

タツヤ「……なんでもない」

半　助「……え、なにが?」

タツヤ「なんか、いいことあった?」

半　助「ないけど」

タツヤ「ないの!?　なくてそれかぁ、参ったなあ」

半　助「なんだよ」

タツヤ「明日プレゼンなんだ、上手く行ったら、この街にカフェ、できるかも」

半　助「よかったじゃん」

タツヤ「うん、やっぱすげえ人かも、島さん」

×　　×　　×

フラッシュ（回想・5話）

『吉水』の暖簾をくぐって出て来る、険しい顔の島さんに三木本がタバコの火を点ける。

×　　×　　×

タツヤ「俺らだけじゃ、ただの夢で終わってたもんな」

半　助「………」

5　同・綿中家・内

不織布マスクの内職に精を出すかつ子、伯母の妙子。

京　太「あーつまらん、こうやって一日中テレビ観てると、俺の方が面白いこと言えるぞって気になってくるね」

かつ子「………」

京太、バラエティ番組の出演者の気分で、

京　太「『それさっきも言ったよ』『おまえ高卒だろ』『当たり前だ、中がカリカリで外がトロトロだったら持てねえよ』（笑）どうだ、かつ子、おじさんの方が面白いだろう」

妙　子「入院することにしました」

京　太「え？」

オカベの声「リカーショップオカベでーす、お届けに上がりましたぁ」

かつ子、財布を手に立ち上がり玄関へ。

妙　子「検査入院です、おっぱいのしこりが、大きくなってる気がして……」

オカベ「（かつ子の顔見て）ちょっと疲れてる？」

かつ子「………」

オカベ「（奥に届く声で）ご注文いただいたストロング缶1ケースと『乙太郎』の2リットルボトル、こちらサービスのカレンダーです」

京　太「そんなのいいから、ストロング缶1本つけろよ」

オカベ「……すいません、これ、乙太郎の方についてるサービスなんで……」

京　太「だったら乙太郎1本つけろ」

オカベ「……乙太郎1本に乙太郎1本つけるわけには……」

京　太「客が喜ぶものを提供するのがサービスだろう、欲しくもないカレンダーをもらってやるんだ、そのサービスに対するサービスがあって然るべきじゃないのかね、流通学的に……」

妙　子「もう、いいでしょ（オカベに）すいませんね、酔っ払ってるの」

オカベ「3240円です」

こっそり、かつ子にお菓子を渡すオカベ。

かつ子「………」

6　同・水場（日替わり・明け方）

半助の声　「リッチマン親子の朝は早い」

まだ誰も起きて来ない水場で冷水浴、歯磨き、身支度。

半助の声　「ゴミ収集車が来る前に、空き缶を回収する、それが彼らのモーニングルーティーン」

7　湖・漁港

空き缶を回収する少年。父は手より口が忙しい。

父　「昨夜、寝ながら考えたんだが、家を建てるならまず門が大切だ。人間で言えば門は顔だからね」

少　年　「そうだね、顔を見たら、どんな人か、だいたいわかるもんね」

父　「まあ、そうとも限らないんだけど」

少　年　「そうだね、人は見かけによらないって、言うもんね」

父　「まあ、おおむね見た目通りだけどね」

少　年　「どっちだよ」

父　「ん？」

すかさず、長いタバコの吸い殻を拾い、父に渡す。

父　「とにかく門、入口、エントランスから決めていこう」

8　（株）ノーシーズン・ミーティングルーム

タツヤ、液晶モニタ上でグラフィックを動かし、カフェの完成予想図を見せながらプレゼンする。

タツヤ　「エントランスはハワイのログハウスをイメージしました。もちろんバリアフリーで、両サイドには緑を配置します」

島さん　「涼しげ、この大漁旗は？」

タツヤ　「街のシンボルなので」

島さん　「いいんじゃない？　和洋折衷って感じで、ねえ！（と同意を求める）」

9　『街』・体育館の軒下（雨）

身を寄せ雨宿り、父はタバコをふかし、虚空に指で門を描く。

父　「建てるのが丘の上なら、門は西洋風だな……ロココ風はどうだ」

少年　「うん、いいね」

父　「スペイン風もいい、イギリス風も悪くないが……大袈裟すぎるかな」

少年　「そうかもしれないね」

父　「もっとさりげなく……親しみやすい感じ（イメージして）おお！　来たっ！」

少年　「（わからないが）いいね、すごく良い感じ」

10　（株）ノーシーズン・ミーティングルーム

タツヤ　「自動ドアはコストがかかるので、観音開きはどうでしょう」

島さん　「看板が出てないけど」

タツヤ　「あ、すいません。まだ店の名前が……」

島さん　「考えよう、みんなで考えようよ」

11　見晴らし公園

雨は止み、住宅街を見下ろす親子。

父　「門とドアが決まったら、次は外壁だ、壁の色で家全体の印象が決まるから、慎重にいこう」

少年　「こうしてみると、いろんな家があるね、あれなんかどうかな（指す）」

父　「サーモンピンクか、ちょっと品性を疑ってしまうな」

少年　「本当だ、いけ好かないや」

父　「コンクリート打ちっぱなしも、気取った感じで良くない」

少年　「成金趣味でドン引きだ」

父　「周囲との調和も大切なんだ、とはいえベージュは芸がない」

少年　「いかにも考えてない感じだね」

裕福そうな婦人が財布から小銭を出して、

婦人　「坊や、これで甘いものでも」

父の顔色を窺う少年。父、黙って首を横に振る。

少年　「すいません、うちら、そういうんじゃないんで」

半助の声　「金銭的な施しは決して受けない、食べ物も、こちらから要求することは決してしない」

父。

婦人「じゃあ」と、みかんを出す。首を縦に振る

少　年「ありがとう（受け取る）」

半助の声「彼等なりの矜持、美学がそこには厳然と存在するのだ」

父「隣町に木目調のモダンな家屋があった筈だ、行ってみようか……」

少　年「行きたいのは山々なんだけど、そろそろ宮下銀座へ行かないと、天ぷら屋さんの開店時間だから……」

父「（残念そうに）そうかい……まあ、壁は慌てて決めなくてもいいさ」

少　年「ごめんね」

少年、駆け足で去って行く。

12　（株）ノーシーズン・ミーティングルーム

島さん「……スタスィオン、ってどうかな」

口々に「すたしおん？」と繰り返す、井川らスタッフ。

島さん「フランス語で、駅っていう意味なんだけど」

タツヤ「もしかして……六ちゃん？」

島さん「そう、あの街、電車が走ってるんです」

13　『街』・すべり台のあたり

六ちゃんが街中を駆け回る。

六ちゃん「どですかでーん！　どですかでーん！　どでどでどで」

島さんの声「だけど、誰も乗ってこない。なぜだろうって考えたんだけど、駅が無いからじゃないかな」

14　（株）ノーシーズン・ミーティングルーム

島さん「（瞳を輝かせ）駅があれば、六ちゃんも休めるしさ、街の人達にも、電車の……車両が？見えるんじゃないかな、ねえ与田くん」

タツヤ「……見えるかどうかは置いといて、駅ってコンセプトで練り直します！」

島さん「うぃ、カフェ・ド・スタスィオン、トレヴィアン」

15　宮下銀座

半助の声　「食糧の調達は、息子の役目だ」
　『吉水』の店主が『あげもの』のタッパーに天ぷらを入れる。
店　主　「夜、宴会入ってるから、9時頃また来な」
少　年　「ありがとう」
　中華屋の店主が食べ残したラーメンを『しるもの』のタッパーに。
中華屋　「温めて食べるんだぞ」
少　年　「ありがとう」
半助の声　「無論、みながみな、ウェルカムではない」
オモニ　「ちょと！（韓国語）まだ客がいるんだよ！」
　韓国料理店、オモニが迷惑そうにプルコギを『肉』のタッパーに、
少　年　「ミアネヨ〜」
　レストラン裏で2枚のローストビーフをめぐり、野良犬と攻防。
半助の声　「路地裏には敵も多い」
　イタリアンの店、ピザ1片とパンナコッタを『その他』のタッパーに。
少　年　「グラッチェ」
　その上にたい焼き屋が、たい焼きを1尾投入。
半助の声　「選り好みはせず、感謝の気持ちは決して忘れず」
少　年　「……ありがと……」
　その上からカレー屋の店主がカレーをかける。
少　年　「………」

16　『街』・ホームレス親子の住まい

少　年　「ただいま」
父　「やっぱり、門は総檜の冠木《かぶき》門に決めたよ」
少　年　「うん、いいと思う」
　テーブル（ビールケース）にクロス（ブルーシート）をかける少年。
父　「洋館と日本間の二棟建てて、真ん中を庭として活用するんだ」
少　年　「そうだね、なにしろ土地は二千平米もあるからね」
　フォーク、スプーンはコンビニのやつ、欠けた皿とお

椀を並べる。

父　「問題は台所なんだな、シンプルな日本式にするか、西洋風のシステムキッチンを導入するか……」

タッパーを並べて、今日の収穫物を前に、深く考え込む少年。

少年　「…………あ、ごめん聞いてなかった」

父　「……うん……まあ、そう急ぐ問題じゃないさ」

鍋をカセットコンロに乗せ、ラーメンを温め丼に移す。

たんばさんが、卵を2つ持って来る。

たんば　「やってるね、これどうだい？　ひとりだと、どうも余らせちゃってね」

少年　「ありがとう」

別の鍋で食材を温め、調味料で味を調え、卵でとじる。

自生しているバジルを飾り、残飯がちょっとしたプレートメニューに生まれ変わる。

少年　「できたよ」

父　「いただこうか」

欠けたコップにペットボトルのお茶を注ぎ、食事を始めるふたり。

父　「さて、いよいよ家具を入れる段になったな」

半助の声　「父は話すことをやめない。それはまるで、嗅覚や味覚を鈍らせ、今食べている物から注意をそらそうとしているようだった……」

父　「洋館の方はね、スコットランド式に統一しよう……」

半助の声　「しかし、ごく稀にだが、彼の味覚を呼び覚ますものに遭遇すると……」

父　「むほほ！　これはこれは、ローストビーフくんじゃないか」

少年　「ああ、レストランのおじさんがくれた」

父　「久方ぶりだ、絶妙な加減でレアに仕上げてある、ほほう」

少年　「（察して）ぼくのぶんも食べてよ」

父　「え、なんでなんで？」

少年　「生煮えの肉は僕、苦手なんだ」

父　「生煮えって（笑）牛肉ってものは君、欧米では生のまま食すんだよ、確かドイツのバイエルン地方では……」

半助の声　「父はずいぶん広範囲にわたる知識と話題の持ち主で、息子はその最も良き聞き手だった」

食事を終え、空を見上げ寝転がる親子。父はシケモクを吸いながら、

父　「いよいよ応接間だ、冷暖房完備は言うまでもないが……君は、眠たいんじゃないかね？」

少年　「眠くなんかないさ、大丈夫だよ」

父　「明日にしよう、応接間は最もセンスを試されるからね」

少年　「おやすみ……」

17　同・半助の部屋（日替わり・だいぶ後）

パソコンに向かっていた半助、窓の外を見るとタツヤが立っている。

半助　「なに？」

タツヤ　「明日、住民説明会なんだ」

半助　「ああ、なんだっけ、カフェド……」

タツヤ　「スタシオン、昼の1時、来れたら来て」

半助　「……おう」

去って行くタツヤ。半助、座り直し、パソコンに文字を打つ。

半助の声　「さて、父親にとっては残念だったであろうが、応接間の家具の配置がだいたい決まった頃、子どもが……」

半助、ふうと息をついてキーを打つ。

半助　「………」

画面に『死んだ』の文字。

18　同・ホームレス親子の住まい（回想・昼）

カチ、カチという音で目を覚ます父。

父　「なにしてるの？」

少年　「火が点かないんだ」

カセットコンロの上の鍋を覗き込み、

父　「しめ鯖だね」

少年　「お鮨屋さんの大将がね、必ず、火を通して食べろって」

父　「それは何かの間違いだ、火を通さず食べるために酢と塩でしめてるんだ」

少年　「だけど……鮨屋の大将が……」

半助の声　「珍しく、子どもは反論した」

父　父、しめ鯖を箸でつまんで口に運び、咀嚼する。
「肉厚でうまい」
少年　「……ガス、誰かに借りて来ようか？」
父　「いいから、君も食べてごらん」
擬人化したトラが警告する。
擬トラ　「にゃあ！　にゃにゃあにゃあ！（字幕・ダメだ！　火を通さなきゃダメだ！　しめ鯖を甘くみちゃいけない！）」
父　「早くしないと、猫に取られちゃうぞ」
恐る恐る口へ運ぶ少年。
擬トラ　「にゃあ！（NO！）」
少年　「（咀嚼し）……ほんとだ、美味しい」
半助の声　「その夜、親子は腹痛に襲われた」
×　×　×
背中合わせに横臥し、お腹を押さえて苦しそうな親子。
父　「これはしめ鯖じゃないね」
少年　「……そう……だね」
父　「しめ鯖にあたったのなら、まず蕁麻疹、そのあと嘔吐が来る。……じゃあなんだ？　医者じゃないからわからんが、しめ鯖じゃない事だけは確かだ、うん」
半助の声　「父親の症状は三日で治まった、しかし……」
×　×　×
五日後の朝。全快している父。少年は衰弱が激しい。
半助の声　「子どもの方は下痢も腹痛も治まらず、日に日に憔悴し……」
父　「……こういう時は断食に限るんだが、それにも限度があってね……」
父親の腹が無情にも「ぐう〰〰」と鳴る。
少年　「ぼく……歩けると、いいんだけどな」
父　「違う違う、君に宮下銀座に行って欲しいと言ってるんじゃない。人間、一週間や十日ぐらい食べなくても……」
少年　「ううう……」
背中を折り曲げ、車のドアをドンドンと蹴り、うめき声をあげる少年。
父は堪らず、外へ飛び出す。
×　×　×
夜。どうしていいかわからず、廃車の周囲をグルグル歩き回る父。
窓から中を覗いたり、タバコを吸ったり落ち着かない。

半助の声　「親子の異変に、真っ先に気がついたのはトラだった」
遠くから見守るトラ。

トラの声　「医者へ連れて行くんだ、今すぐ、手遅れになるぞ」

父　「……応接間だけどね、やはり北欧風の家具で統一しようか……」

トラの声　「応接間なんかどうでもいい！　誰か人を呼ぶんだ！……」

半助の声　「残念ながら、トラの声は届かない」
諦めたのか疲れたのか、傍らに座り込む父。少年が弱々しく、

少年　「……ねえ」

父　「ん？　どうした」

少年　「忘れてたけどさ……プールを作ろうよ」

父　「（少し驚き）……プールか。……そうだな、うん、そうしよう」

少年　「……」

父　「なんでも君の好きなようにするよ（笑）。やれやれ、これでようやく丸くおさまりそうだ」

19　リカーショップオカベ（日替わり・朝）

父が一人で立っている。オカベが出て来て、

オカベ　「あれ？　今日、息子さんは？」

父　「（曖昧に笑い、首を傾げる）」

オカベ　「そうか……。これ、息子さんが好きなヤツです、キープしてたんで」
菓子パンを差し出すオカベ。父、反射的に袋を開け貪り食う。

オカベ　「……え？」

20　『街』・ホームレスの住まい

雨。車の屋根にトラがいる。

半助　「トラ……どうしたトラ、風邪引くぞ、おい、ご飯だぞ」
半助、車に近づき、ふと中を覗いて

半助　「……どうした？　ねえ、大丈夫!?（窓をバ

ンバン叩き）お父さんは⁉」

21 高級天ぷら店『吉水』・前

父、店の前に立つが、声をかける勇気がなく、

父 「………」

22 『街』・ホームレスの住まい

車を囲んでタツヤ、六ちゃん、初太郎が「おーい」と呼びかけている。

タツヤ 「グッタリしてる」

初太郎 「ロックかかってんな、窓割るしかねえか」

六ちゃん 「スパナだったら持ってるよ」

空っぽの工具箱から、見えないスパナを取り出す。

タツヤ 「いいから六ちゃんは、たんばさん呼んで来て……何してんの?」

半助、スマホを耳に当てている。

半助 「119番」

タツヤ 「ダメだよ！（腕を掴む）」

半助 「（ふりほどく）なんで」

タツヤ 「また撤去されちゃうだろ！」

地面に放り出されるスマホ。

半助 「いや、だけど」

タツヤ 「救急車呼んだら、警察や自治体にも連絡が入るんだよ」

半助 「だけど……」

タツヤ 「あいつら容赦ないんだよ、見ただろ、こないだ」

半助 「そんなこと言ってる場合じゃないよ！　放っといたら……」

タツヤ 「お前が通報したんだろ！」

半助 「………」

タツヤ 「………」

×　×　×

フラッシュバック（3話）

自治体の職員が、ダンボールハウスを撤去する。

少年 「（思わず）やめてよ」

テーブルを容赦なく踏んで破壊する職員。

×　×　×

タツヤ 「他に行き場ないんだよ、だから戻って来たんだ、放っといてやろうよ」

半　助「けど、死んだら意味ないじゃん!」
たんば「医者はもう呼んだから」
たんばさん、六ちゃんに連れられて来る。
たんば「心配ないよ、事情は説明してあるから、保険証など持ってないだろうが、それでも診てくれるそうだ……」
たんばさん、スペアキーでバックドアを開ける。
一　同「……(絶句)」
少年の弱々しい呼吸、何かを訴えかけている。
半　助「……ん?　なに?(身を乗り出す)」
少　年「……ぷーる」
半　助「プールだって」
少　年「……出来たね……プール、ありがとう」

23　少年の妄想・プール付きの豪邸

勢いよく飛び込む少年。
浮き輪でプールに浮かぶ父、傘が刺さったカクテルを飲んでいる。
キラキラと光る水面に少年が顔を出し、空を見上げる。

少　年「……」
半助の声「医者は来た、けど、間に合わなかった」

24　『街』・集会所(日替わり)

『カフェ・ド・スタシオン建設に向けた住民説明会』の立て看板。
島さん、井川、浜口ら(株)ノーシーズンの社員とタツヤ。
半助の声「タツヤが発案したカフェの住民説明会が開かれたが、3人しか集まらなかった」
六ちゃん、たんばさん、熊公の3人がパイプ椅子に座っている。
半助の声「みな忙しいのと、数日前に男の子の葬儀があったばかりで、とてもそんな気分になれなかった、というのが本音だろう」
熊「待ってても、誰も来ねえぞ、早く始めろ!」
タツヤ「……はい、えー、それでは、お手元の資料……」

25　同・車の傍

手作りの墓に花やお菓子が手向けられている。

半助の声　「死亡届は必要なかった。父親は、子どもの出生届を出していなかったのだ」

26　同・水場の前（日替わり）

島さん　「おはようございますぅ」

水場の脇を通る島さん。歯を磨いていた半助が追いつき、

半　助　「島さん、こないだ、天ぷら屋の前で……」

島さん　「けけけけ!……けけ…けけけ…ふ…ん、なにか」

半　助　「……天ぷら屋の前でお見かけしたんですけど……」

島さん　「(手で制しスマホを取りだし) もしもし？　あら、ご無沙汰してますぅ」

去って行く島さん。

半助の声　「結局、タツヤのカフェも、親子が暮らすプール付きの家も、ただの夢で終わってしまったようだ」

27　湖沿いの道

集めた空き缶をガラガラ引きずり歩くホームレス。

半助の声　「リッチマンは街を出て、橋の下で暮らし始めた」

ついてくる犬に関心を示さず歩くホームレス。

28　橋の下

自転車を漕ぐオカベ、橋桁の下に身を潜めているかつ子を発見し、

オカベ　「かっちゃん!」

かつ子　「……」

オカベ　「どうしたの、具合悪いの？　小銭でも落としたの？」

かつ子　「しいっ!（物影を指差す)」

橋桁の陰に、小さなダンボールの小屋。中から男の声がする。

父の声　「うん……確かに、庭の真ん中に、白タイルのプールがあるのは悪くない。ただ、注水と排水設備に難点がある、大きなタンクをどこへ置くか」

オカベ　「（中を覗いて）……」

犬に話しかける父。犬はタッパーに顔を突っ込み、何やら食べている。

父　「大丈夫、きっと作るさ、約束する。なにしろ、君が僕にねだったのは、プールを作ること、だけだったからね」

かつ子　「……」

父　「（犬の頭を撫でながら）君はもっと、欲しいものを何でもねだればよかったのさ」

つづく

第6話「プールのある家」解説

渡辺直樹

宮藤さんとは「あまちゃん」「いだてん」で長く仕事をご一緒した縁があり、今回、「自分の創作の原点だ」とお誘いをいただいて、これはやるしかないなと。「プールのある家」は、初稿を読んだ時から他の話と手触りが違う感覚があってぜひ撮りたいと申し出ました。宮藤さんが俯瞰し世界観を構築して、手練れの横浜さんが物語を膨らませる中で、僕は何か異物を投入する役回りになれば、と考えていたので。

6話はそれまで紡いだ「街」の物語が転換し、〝終わり〟に向かって舵を切る回です。何より、直接的に子どもの死が描かれます。宮藤さんは人の死を、物語を盛り上げる材料には絶対に使わない方で、だからこそ明確に人が亡くなるこの話をどう撮るか、という緊張がずっとありました。

リッチマンは幻想感と現実感の双方が求められる難役ですが、又吉直樹さんならば、それを表現できるのではないかと。やはり芸人として舞台や現場に立っている場数が違い、泰然とカメラの前に居られる凄みがありました。なおかつ作家でもあり、この人の頭の中には何が妄想されているのだろうかと思える説得力が素晴らしかったです。

子どもが病気になり、父が天ぷら店前に立つ場面（#21）は、父の感情が発露する唯一の場面と考えて、このシーンの撮影に向けて又吉さんと対話を繰り返していました。それが憤りなのか、悲しみなのか。答えを持たずに臨んだのですが、本番であのように表現されたのは衝撃で。ここまで繊細に演じてもらえたことが嬉しくて忘れられない瞬間です。

原作では6歳ほどの少年を演じたのは、11歳（撮影時）の少女・大沢一菜さんです。出演作の『こちらあみ子』を観て気にかかり、会ってみたら人としての存在感に魅了されて。年齢と性別も超えて大沢さんに賭けようということになりました。死とはほど遠いエネルギーを秘めた人ですが、6話の撮影に入る前に、彼女の中に違う人物を作っていく作業を一緒に丁寧にやりました。冬休みの宿題だね、なんて言いながら〝死ぬこと〟について考えてもらったり。そうして自分の中で「死ぬって多分こういうこと」と至った想いが、そのまま映っていると思います。プールの場面（#23）は、他のシーンが撮了した後、春に追加撮影しました。3ヶ月ほど空いたので成長期の大沢さんが変わってしまわないか不安でしたが、それも含めて今までと違う夢の中の子どもの姿になって良かったと感じています。

6話は雨の場面（#22）を境に半助とタツヤの幸せが崩れていく回でもあり、その大きな契機となる子どもの死に対して半助ができることはないか、池松さんと話し合いました。結果、子どもが最後につぶやいたプールのある家の模型を献花台に捧ぐ形になりました。この家もタツヤのカフェも、この街では夢が模型ぐらいにしか形にならないという意味では一緒なんです。

第7話 がんもどき 前編

第7話

がんもどき・前編

監　督　横浜聡子

京太　岩松　了

妙子　広岡　由里子

永田ナナ　佐津川　愛美

かなえ　小田　茜

与田シンゴ　YOUNG DAIS

行方　伊藤　修子

土浦　川面千晶

鹿嶋　上田　遥

自治会長　小宮　孝泰

『男同士』大将　西郷　豊

与田アカネ　高松　咲希

与田リュウ　嶋田　鉄太

与田しのぶ　坂井　真紀

島　悠吉　藤井　隆

三木本　鶴見　辰吾

たんばさん　ベンガル

綿中かつ子　三浦　透子

田中新助（半助）　池松　壮亮

与田タツヤ　仲野　太賀

オカベ　渡辺　大知

増田益夫　増子　直純

河口初太郎　荒川　良々

増田光代　高橋　メアリージュン

河口良江　MEGUMI

1　街へ向かう道（午後）

自転車を押して歩くオカベとかつ子。

オカベ「かっちゃんて、誕生日いつ？」
かつ子「………」
オカベ「待って、当てる当てる……ズバリ、7月でしょ！」
かつ子「………」
オカベ「じゃあ8月、9月じゃないよね、10月」
　かつ子、つんのめる。
かつ子「11月、12月、10月」
　かつ子、つんのめる。
オカベ「10月か、じゃあ天秤座？　さそり座……」
　かつ子、つんのめる。
オカベ「そっか、もうすぐじゃん」

2　『街』・半助の部屋（夕方）

半　助「もうすぐ、でもないけどね、だいぶある」
オカベ「何かな、何あげたら喜ぶかな」
半　助「……何あげても喜ばない気がする」
オカベ「……そんなこと言うなよ、ああみえて、喜怒哀楽あるんだぜ」

×　　×　　×

　インサート・かつ子の喜怒哀楽（四分割）。
オカベの声「嬉しいと眉間の皺がなくなるし」
オカベの声「怒ると、鼻がちょっと膨らむし」
オカベの声「悲しい時は、背中がちょっと丸まって」
オカベの声「びっくりすると、つんのめる」

×　　×　　×

半　助「わかんないよ、そんな微妙な変化」
オカベ「やっぱ服かな」
半　助「ふく!?　オカベっちが、かつ子ちゃんに服のプレゼント？　……うーん、成功パターンがイメージできない」
オカベ「どんな服が似合うかな」
半　助「いつもどんな服着てたっけ？」
オカベ「わかんない、服見てないから」
半　助「だいたいあの子、何歳？」
オカベ「16歳……以上、25歳未満」
半　助「幅広すぎ」

オカベ　「わかんないよ、誕生日聞き出すのに3年かかったんだぜ」

半　助　「ずっと伯母さん夫婦が面倒見てんの?」

益　夫　「それはちょっとニュアンスが違うぜ、半公」

初太郎　「ニュアンス、さすが兄ぃ、高卒は難しい言葉知ってらぁ」

3　同・屋台『男同士』（日替わり）

仕事帰りに飲んでいる益夫と初太郎と半助

半　助　「どういうことですか?」

益　夫　「もともと、あの家、ナニの直後は、かつ子と母親が二人で暮らしてたんだ」

初太郎　「そうそう母子家庭だった」

益　夫　「ところがある日、母親が、娘を置き去りにして街から出てった」

初太郎　「どっかの社長と再婚したんだ、入れ替わりに伯母夫婦が来て、シレっと住みついたの」

半　助　「又貸しってことですか?　そんな話ばっかかっすね」

益　夫　「なんせ家賃タダだもん」

初太郎　「伯父の京太は中学の教師だったけど、酒ぐせ悪くてクビだろ、収入はかつ子の内職と、かつ子の母親からの送金だけ……ってニュアンスよ」

半　助　「じゃあ、かつ子ちゃんが、伯母夫婦の面倒見てるってことじゃん」

初太郎　「(豹変し) なんてこと言うんだテメエはぁ!」

いつの間にか京太がいて、

益　夫　「すいません、こいつ酔っ払ってるんで」

半　助　「(意味がわからず) ……え?　……え!?」

京太、既に酔って目が据わっている。

京　太　「……かつ子を高校に行かせるから、月々の仕送りを増やしてくれないかって、直談判した事があったよ」

半　助　「……え!?　この人が?　うわー (気まずい)」

京　太　「そしたらおいでなすったね、社長夫人、香水の匂いプンプンさせて」

4　同・綿中家の前（回想・数年前）

外車を乗りつけたかつ子の母かなえ、優雅に運転席から下りる。

妙　子　社長夫人然とした、煌びやかで下品な出で立ち、
「かなえちゃん」
かなえ「姉さん、義兄さん、ご無沙汰ね」
京　太「へへへ、立派になられて、かつ子、お母さんがお見えだよ、挨拶しな」
恐る恐る出て来るかつ子。
かなえ「かつ子？　これが、あの子なの？　ふ〜ん（品定めするように見る）」
後部座席から降りもせず、窓の隙間から見ているかなえの娘。
物珍しさに住民達も遠巻きに見ている。
かなえ「やぁだぁ、まるで潰れた、がんもどきね（笑）」
かつ子「……………」

5　同・屋台『男同士』

京　太「（がんもどき食べながら）知ってんだよ、あの日からおたくら、かつ子のこと陰で『がんもどき』って呼んでんの」
半　助「ひどい、母親が娘の容姿を悪く言うなんて……」
京　太「そうかね」
半　助「そうでしょ、娘捨てて、自分だけ金持ちと結婚して……」
京　太「だが街の連中は、あの女を悪く言わなかったよ。かつ子を『がんもどき』と笑う連中ですら、高慢チキな社長夫人には反感を抱かず、憧れと羨望の眼差しを向けた。なぜだと思うかね、君」
初太郎「じゃ、俺たちそろそろ」
半　助「ちょっと！」
益　夫「明日も7時な（去って行く）」
京　太「これは心理学の領域だがね……仮に社長夫人が、救援物資なんぞを配りながら『がんばってくださいね』って両手で握手を求めてきたらどうだ……」
半　助「……ムカつきますね」
京　太「なぜだね」
半　助「そんなのは……偽善だから」
京　太「そう、自分の立ち位置を確認して優越感を得るための偽善さ、それが透けて見えるからムカ

つくんだ。聖書にも書いてあるよ、右手で施しをする時は、左手にすら、それを知らせるなってね」

6　『街』・たんばさんの家（日替わり）

たんば「もっと簡単な話だと、私は思うね」

将棋盤を挟んで半助とたんば、傍らにオカベ。

たんば「社長夫人に反感を持たないのは、ここの住人と彼女が、同類だからさ」

半　助「同類……」

たんば「同類から生まれた成功者だよ。自分達にもあんな輝かしい未来が……無い、とも限らない、だから決して悪くは言わないんだよ」

オカベ「（身を乗り出し）かっちゃんはどうなんです!?」

たんば「もちろん同類さ、だからバカにする、いや、憎んでると言ってもいいね」

オカベ「どうして！　ねえたんばさん、あんなに真面目で健気なかっちゃんが！」

ぐいぐい身を乗り出し、将棋盤を押し出す。

半　助「たんばさんにキレてもしょうがないだろ」

オカベ「ヒドいよ！　腐ったがんもどきなんて、ヒドすぎる！」

半　助「『腐った』じゃない『潰れた』ね」

オカベ「働き者で、誰よりも早起きで、頼まれもしないのに、隣近所の家の前まで箒で掃くような子ですよ、そりゃ地味だし、愛想はないけど、誰の邪魔にもならない、いい子じゃないスか！」

たんば「まさに、そこなんだね」

オカベ「そこってどこですか！」

たんば「働けど働けど、報われず、楽にならない我が暮らし。そんな理不尽な境遇をこう……具現化したのが、かつ子ちゃんなんだ。実写版貧乏、みたいなさ。だから憎たらしいんだ。あの子の存在を認めるって事は、自分の貧しさを認めるようなもんだろ、成功した母親が理想だとしたら、かつ子ちゃんは現実そのものだもんね……」

オカベ「ひどいよ……実写版貧乏なんて……そんなの誰も見たくないよ、畜生！」

7　同・ゲート前・バス停（日替わり）

妙子、かつ子から荷物を受け取りバスに乗り込む。

妙　子「ここでいいから」

半助の声「伯母の妙子が三週間ほど入院することになった」

妙　子「じゃあね、あんまりムリしないでね」

かつ子「……」

8　同・綿中家・内

内職をするかつ子に粘着質な視線を送り、酩酊する京太。

京　太「しっかりやんなきゃな、かつ子、お前を高校まで行かせてくれた、深い恩のある伯母さんが、難しい手術を受ける。ねえ。費用はお前の母さんからの、月々の仕送りからの天引きだ、つまり今後は、お前が稼いだ分だけが、俺とお前の生活費と、こうなる、ねえ」

かつ子「……」

京　太「……不織布マスク。……まさか手作業とは思うまい。お前がもうちょっとマシな器量で、体つきも女らしく、女っぷりのいい、女女した女なら、もっと楽に稼げる術もあるが、お前じゃあ……マスクをじゃばらに折るのが関の山か。マスク折りの少女だな、え？　どうだい？」

かつ子「……」

京　太「……お前は人類学的存在じゃない。……動物学的ですらない。もはや……植物学的存在であると、言う他ないな……」

オカベの声「リカーショップ、オカベでーす」

素早い動きで財布を掴んで玄関へ向かうかつ子。

9　同・玄関

出て来たかつ子の服装をマジマジと見て、

オカベ「……なるほど、こういう感じですね、ふむふむ」

かつ子「……」

オカベ「隠さないで、一枚（とスマホで撮る）……なんでもない、なんでもないよ」

オカベ　奥で「かつ子!」と呼ぶ声。
「また酔っ払ってるの？　お得意さんだから言いたくないけど……クソだよ、あいつ、君ひとり働かせて」
かつ子「………」
オカベ「これあげる（と、お菓子をポケットに入れ）そうだ。またラジオにメール送ったの。ふつおた、自信作なんだ、今度こそ読まれる、と思う!」
半助の声「次の日、オカベの買い物に付き合わされた」

10　道（日替わり）

『リカーショップオカベ』の軽自動車で都会へ向かう3人。
半助の声「ホームレスの一件以来、タツヤとは、何となく気まずい」

11　車内

後部座席、離れて座る半助とタツヤ。
タツヤ「………」
×　×　×
フラッシュ（回想#6）車の後部座席で憔悴している少年。
タツヤ「救急車呼んだら、警察や自治体にも連絡が入るんだよ」
半　助「そんなこと言ってる場合じゃないよ!　放っといたら…」
タツヤ「お前が通報したんだろ!」
×　×　×
半助の声「タツヤは気づいてるのか？　俺が街の様子を報告して金もらってること」
×　×　×
フラッシュ（回想#1）
三木本「バレたらアウトだから」
フラッシュ（回想#3）
タツヤ「半ちゃん、今度、小説読まして」
×　×　×
半助の声「絶対バレてる……のに何も言って来ない……のは、なんでだ？」

12　ファッションビル街

微妙な距離で、半助の少し先を歩くタツヤ。
タツヤ「半ちゃん、このへん詳しい？」
半　助「ああ、なんとなく」
タツヤ「背広作りたいんだよねー、量販店じゃなくて、ちゃんとしたとこで」
半　助「オーダーメイドで」
タツヤ「島さん、意外と保守的でさ、正社員はスーツ着なきゃダメとか」
半　助「……正社員」
半助の声「タツヤの上司は、俺の雇用主とも繋がってる」

×　　　×　　　×

フラッシュ（回想＃5）
『吉水』から出て来る島さんと三木本。

×　　　×　　　×

半助の声「……そのことが一体、何を意味するのか」
オカベ「（唐突に）わかった！」
半　助「なんだよ急に」
オカベ「さっきからずっと違和感つーか、なんか俺らだけ浮いてない？　って思ってたんだけど」
タツヤ「半ちゃんの半ズボンじゃね？」
半　助「お前の、頭にグラサンもなかなかだぞ」
オカベ「マスクしてないからだよ」
半助／タツヤ「……ああ」
確かに道行く人々の中で、ノーマスクなのは３人だけ。
半　助「だからか、みんな避けて行くの」
タツヤ「半ズボンもヤバいって、しつこいけど」
半　助「どっかで買うか」
オカベ「俺、持ってるよ」
と、不織布マスクを配るオカベ。

13　『街』・綿中家・内

ラジオが点いている。マスクを折るかつ子の手が止まっている。
酒を飲みながら昼飯を食う京太。
京　太「活きが悪いね、このサバ、見な、皮がビラビラに剥がれてる、これは食品調理学、いや食品

衛生学的見地から見て……かつ子?」

目を開けたまま寝落ちしているかつ子。

京　太「………(スカートから覗く膝頭をじっと見る)」

かつ子「………」

かつ子、目を覚まし作業を再開する。慌てて目をそらす京太。

14　ファッションビル・紳士服店

採寸してもらっているタツヤ。

タツヤ「内側に、刺繍入れてください、苗字、与田です」

15　『街』・綿中家・内

かつ子、居眠り、かなり大きく体が揺れる。

16　ファッションビル・女性もの服店

試着室のカーテンを開けると、女性用の服を着た半助、憮然とした顔。

オカベ「なるほど」

半　助「なるほどじゃないよ」

タツヤ「誰か着ないとわからないもんな」

半　助「俺が着てもわからないでしょ」

女性の店員が近づいて来るので、

半　助「やばいやばい閉めて」

店　員「新くん?」

半　助「え?」

店　員「だよね」

と、マスクをずらす店員、永田。半助、見覚えあるらしく、

半　助「あ、どうも」

永　田「どうもどうも。……え、なんで?」

半　助「友達が、女の子に渡すプレゼント探してて……」

永　田「それ、新くんに相談してもダメでしょ(笑)」

オカベ「こういう感じの子なんですけど(とかつ子の写真を見せる)」

永　田「えー、可愛い」

オカベ「ですよね!　ですよね!　え、どんなの似合います?」

タツヤ「(半助に)誰? 誰?」
半助「(答えない)」
永田「これなんか、どう?」
白いカーディガンを手にする永田。
オカベ「じゃあ、それで!」

17『街』・綿中家・内(夕暮れ)

ラジオが点いている。マスクの山に顔をうずめ眠っているかつ子。
音声「えー、続いてはラジオネーム2杯目は乙太郎さん『僕はコンビニでアルバイトしています。と言っても、元々酒屋で、もっと言うと僕の実家で、近所に配達に行くこともあるのです……』」
足元に立つ京太。かつ子のスカートがめくれ、太腿が露出している。
京太「………」
跪き、太腿に触れる京太。
かつ子「………(目を開ける)」
京太「なんでもないんだよ」
かつ子「………」
京太「当たり前のことなんだ、お前は、じっとしていればいい」
寝ぼけているのか、ただぼんやり京太を見ているかつ子。
京太「目をつぶりなさい」
京太、手が震えてスウェットの腰紐がほどけない。
京太「目をつぶるんだ、こういう時は……かつ子!つぶれ!」
かつ子「………(じっと見ている)」
京太「(舌打ち)いい、もう、俺がつぶる」
と、自分が目をつぶり、かつ子の腿の間に体を押し込む京太。
かつ子「!!」
抵抗するかつ子、しかし体重を預けられ、怖くて動けない。
音声「『…そ…の街には猫がいて、電車が走っていて、大漁旗が風になびいていて、面白い大人、元気な子どもがたくさんいて、中でも、僕の推しは……』」
かつ子の足がラジオを蹴り飛ばす。

転がるラジオ、ダイヤルがずれて、ザザー――という音に、

京太「つぶれ!」

かつ子「……」

18 同・タツヤの家・前~水場(夜)

タツヤが都会の手土産を持って帰って来る。

アカネ「焼肉弁当じゃん!」

タツヤ「モダン堂のプリンもあるぞ」

リュウ「なんで? なんかいいことあったの?」

タツヤ「いいから、手ぇ洗って来い、ただいまー(と中へ)」

水場へ走るリュウ、アカネ。

かつ子が顔や手を、神経質に洗っている。泣いているのか息が荒い。

かつ子「……」

19 同・同・内

弁当を食べ終えた子どもたち、プリンを食べている。

しのぶ、ニコニコしながらお茶を入れる。

タツヤ「……なんかいいことあったの?」

しのぶ「ないない、なんにも、あんたこそ、なんかあったんじゃないの?」

タツヤ「ないよー、俺なんか何にも」

しのぶ「そう? なんだか嬉しそう」

タツヤ「……そりゃ今までに比べたら、給料いいし、仕事、面白いし。けど、まだ雑用ばっかりだし、これからだよ」

しのぶ「病院行ってきたの」

タツヤ「え?」

しのぶ「シンゴ、退院できそうだってよ」

タツヤの顔から、見る見る笑いが消える。

しのぶ「車椅子だけどね……一生、車椅子かもしんないって。どうしようか、ここで暮らすわけにはいかないよね、狭いし、段差あるし」

タツヤ「……」

しのぶ「……そんな顔しないでよ」

タツヤ「え、なにが? どんな顔? え、わかんない、兄ちゃん、どんな顔してる?」

しのぶ「『またかよ』って顔、悲劇の主人公にでもなっ

たようなさ」

タツヤ「主人公は兄貴だろ？　俺じゃなくて、母さんにとっては、そうでしょ」

しのぶ「はいはい、この話おしまい、お風呂行ってきな」

話を打ち切り、背を向け、マスクの内職を始めるしのぶ。

タツヤ「俺もいいことあったよ」

しのぶ「………」

タツヤ「背広作って来たんだ、今日、会社に着て行くやつ。……母さん覚えてないかな、アキオさん……（弟妹に）お前らの父ちゃんが、兄ちゃんのために背広作ってくれたんだよ、大学受かったら着ろって、着れなかったけど一回も」

×　　×　　×

フラッシュ（回想8年前）

明け方。タツヤのために仕立てた背広をシンゴが着ている。

タツヤ「……なにしてんの？」

しのぶ、引き出しから手早く一万円札の束を出し輪ゴムでとめて、

しのぶ「裸でごめんね」

シンゴ「タツヤ、母さん頼んだぞ」

タツヤ「いやいや、俺の背広、俺の金、それ、受験の金、ちょっとお！」

シンゴ「（手を振り払い）文句あんのか」

×　　×　　×

タツヤ　怒りを鎮めようと、ウロウロ歩き回るタツヤ。
「だから次は自分で、自分の稼いだ金で作ろうって。バシっと、オーダーメイドのやつ、注文して、お土産買って、帰って来たら……兄貴だよ」

しのぶ「………」

タツヤ「だから『またかよ』は正解、大正解！」

しのぶ「話すくらいいいじゃない、シンゴのこと、話すのもダメなの？」

タツヤ「考えてるよ俺だって！　けど順序があるだろ、まず自分たちの生活を立て直して、広いとこ引っ越して、それから兄貴！　でないと……繰り返しだよ」

しのぶ「……あんたは……優しくないよ」

タツヤ「わかってるよ！　俺はさ、兄貴が嫌いなんじゃ

なくて、兄貴のことになると周りが見えなくなる母さんが嫌いなんだよ。そのことで……こういう感じになる自分も嫌いだよ、あーっ！　狭えなこの家！　狭え！　親と喧嘩して頭冷やす場所もねえ、くそ！（と飛び出す）」

しのぶ　「……」

半助の声　「3週間後、かつ子の伯母が退院した」

20　同・水場（日替わり）

主婦達が水道に群がって賑やかに喋っている。
鍋を抱えたかつ子、輪に入れず立ち尽くす。

半助の声　「かつ子はますます忙しくなった。伯母は、さらに1ヶ月の静養を命じられ、かつ子が毎日、病人食を作らなければならなかったのだ」

かつ子　「……」

21　同・綿中家・内

妙子のお粥と、京太の酒肴を作るかつ子。

かつ子　「……（朦朧としてフラフラ）」

妙子、布団の上でゆっくり起き上がる。

妙子　「なんか、ごめんね、私はすぐ働く気でいたんだけど、医者がね」

京太　「ムリがいちばん良くないんだよ、医学的にも、効率学的にもね。急ぐんだぞ、かつ子、5時までに、おばさんの薬を取りに行くんだ、え？」

妙子　「こんなにのんびりするのは……何年ぶりだろう」

×　　×　　×

夜中、目を覚ます妙子。京太の姿がない。

妙子　「あんた？」

隣の部屋、眠るかつ子を見下ろすように、膝立ちの京太。

妙子　「何してるんです？　そんなとこで」

京太　「……んんー？　……んん、ねずみがね」

妙子　「どこに」

京太　「そこんところを壁沿いにツーっと……はは、気のせいかな」

妙子　「寝ぼけて。ズボン履いてください、風邪引くから」

22　リカーショップオカベ・イートインコーナー（日替わり）

タツヤ、スーツバッグを提げて入って来る。

半助「お！　それ、もしかして」
タツヤ「へへへ、やっと出来たよ」
半助「オーダーメイド、着て見せてよ」
タツヤ「ダメダメ、帰って母ちゃんに見せるんだから」
半助「そっか、ついに正社員か」

酒の入ったカゴを提げて来る益夫と初太郎。

益夫「まずいぜ初っつぁん、これ、ストロングって書いてるぜ」
初太郎「上等だ！　俺とストロング、どっちがストロングか、白黒つけてやるぜ」
半助「つーか、金払いました？　払ってないでしょ」
益夫「飲んだら払うよ、バカやろう（と飲む）」
タツヤ「今日はシャンパンでも買っちゃうかな（と奥へ）」
半助「（気づいて）……おかべっち、おかべっち？」

外に立っているかつ子、いつにも増して切迫した表情。

23　同・外

オカベ「（出て来て）珍しいじゃない、かっちゃんが店に来るなんて」
かつ子「………（何かを訴えかける）」
オカベ「どうした？　おつかい？」
かつ子「（首を振り、何か伝えようと）」
オカベ「おばさん、退院したんだって？　良かった、顔色良さそうだし、ちょっと……ふっくらした？」
かつ子「……（諦めて、いつもの表情に）」
オカベ「ごめん、今のセクハラ（笑）……そうだ、こないだデパート行ったんだけどさ、都会の人、みんなマスクしてたよ、かっちゃんが折り畳んでるあのマスク、みんなしてたよ、それ見てなんか、嬉しくなっちゃってさ」

気になって外に出て来る半助。

オカベ「何を買いに行ったかは、秘密（笑）」

かつ子、頭を下げて、去って行く。

半助「だいじょうぶ？」

オカベ「え、なにが？」
半　助「いやなんか……いつもより背中、丸まってたから」
去って行くかつ子の背中を見送る。
オカベ「……そうかな」

24　『街』・タツヤの家・前（夜）
スーツバッグとシャンパンを手に帰って来るタツヤ。
タツヤ「ただいまー」
電気が点いてないのにドアが開いている。

25　同・同・中
タツヤ「………」
家の中、やけにガランとしていて物が無い。
タツヤの所持品だけが部屋の隅にまとめられている。
書き置き『ごめんね』。
タツヤ「………（力尽きたように座り込む）」

26　道（夜）
大きな荷物を背負って歩く、しのぶ、アカネ、リュウ。

27　銭湯の前（日替わり・数ヶ月後）
足早に出て来る妙子、怒りを隠せない様子。
かつ子、いっそう背中を丸めて出て来る。
妙　子「……まったく、なんでもっと早く気づかなかったんだろ」
半助の声「かつ子が、妊娠した」
妙　子「隠したってしょうがないんだよ、かつ子、相手は誰なの！」
かつ子「………」

28　『街』・綿中家・前
オカベ「リカーショップオカベでーす」

29 同・内

酒を飲む京太、目が据わっている。

京太「………」

つづく

第7話「がんもどき（前編）」監督解説

横浜聡子

原作小説の「がんもどき」は、読みながら京太の後ろから飛び蹴りしたくなったほど、嫌悪感と共に感情を揺さぶられた章だったので、本作で前後編、しかも割と原作に忠実にやるんだ、と脚本を読んで驚きました。

女性が性暴力を受ける場面があるので、担当が決まった時は戸惑いもありました。それについて三浦透子さんと話しながら気付いたのは、目も当てられないほどひどい出来事だけど、かつ子はこの出来事があったことで変化できた面もある、人の変化のきっかけはポジティブなことばかりではないということでした。今まで閉じていたかつ子の心が、外に開くきっかけになったのかも、というようなことを三浦さんがおっしゃって、それで私も覚悟が決まりました。

いざ撮影が始まると、三浦さんも京太役の岩松了さんも、あれだけの俳優さんなので、#17でも淡々と撮影が進みました。私は、劇作家で演出もされる岩松さんを演出するというのが、別の意味で緊張しましたが。

事が起こった後にかつ子が手を洗う場面（#18）は、ト書きに「神経質に洗っている」とあったのですが、かつ子は自分の身に何が起こったかすらまだちゃんと理解していないのではないかと思い、三浦さんとお話しして、冷たい水を触ることで意識を目覚めさせようとしているような、ぼーっと水に手を当てるというお芝居になりました。その様子をタツヤの弟・妹たちが見ているんですけれど、妹のアカネだけがかつ子に何かが起こったと勘づく、という女性同士の連帯みたいなものもささやかに感じさせたいと思いました。

女性同士という点では伯母役の広岡由里子さん、お芝居が本当に素晴らしくて。銭湯帰りに「かつ子、相手は誰なの?」って問い詰めるシーンとか、京太に悪態をついたり、淡々と夫を追い詰めるお芝居が想像した通りの伯母さんで、広岡さんのシーンは感激していつも震えました。

2話の「親おもい」であれだけぶつかったタツヤとしのぶの2人が「またかよ」ってぶつかるシーン（#19）は、タツヤが本当に孤独に陥ってしまうという、シナリオの中でもすごく惹かれたところでした。

第8話 がんもどき 後編

第8話
がんもどき・後編

監督　横浜聡子

田中新助（半助）　池松壮亮
与田タツヤ　仲野太賀
オカベ　渡辺大知
増田益夫　増子直純
河口初太郎　荒川良々
増田光代　高橋メアリージュン
河口良江　MEGUMI
擬人化トラ　皆川猿時

沢上みさお　前田敦子
永田ナナ　佐津川愛美
京太　岩松　了
妙子　広岡由里子
熊　奥野瑛太
行方　伊藤修子
土浦　川面千晶
鹿嶋　上田　遥
擬人化ビヨンセ　HARUKA（CYBERJAPAN）
刑事　市川しんぺー
くに子　片桐はいり

島　悠吉　藤井　隆
たんばさん　ベンガル
綿中かつ子　三浦透子

1　湖のほとり

オカベが、拙いギターの弾き語り（岡本真夜）。

オカベ　「♪おめでとうハピハピバースデ〜ｌ　ｗｉｓｈ
かつ子が、もっともっと幸せになれますように
……」

2　『街』・大通り・掲示板付近

『カフェ・ド・スタスィオン・完成予想図』の看板。
フランスの駅舎風の建物のイラスト。

良　江　「かふぇ、すたすぃおん、何語？　すたすぃおん」

くに子　「フランス語で駅って意味ですね」

みさお　「ふん、すかしちゃって」

光　代　「いる？　カフェ、この街に、ダイソーもないのにさ」

良　江　「カフェの前にダイソーだよね」

みさお　「その前にドンキね」

初太郎　「個室ビデオだな」

行　方　「てんやでしょ、ここにてんやあったら毎日来る」

くに子　「てんやは困ります、商売敵」

土　浦　「山田うどん！」

益　夫　「の、2階に個室ビデオだな」

鹿　嶋　「串カツ田中」

くに子　「だから、揚げ物以外で！」

光　代　「山田うどんも無い街にさあ、カフェなんてシャラくさいもん作ってどうしようってのよ」

良　江　「みっちゃん！」

背後に立っているタツヤ、缶ビール×6を提げて笑っている。

タツヤ　「……いいんです。そういうみなさんの、忌憚の無い意見を聞くための説明会を、来月開きますんで、今度こそみなさん、ご参加くださいね」

と、半助の家に向かうタツヤ。

良　江　「ダメよ邪魔しちゃ」

タツヤ　「はい？」

玄関のドアが開き、永田ナナが出て来る。

永　田　「（中に）じゃあね」

半助の声　「待ってナナちゃん、駅まで送るよ」

タツヤ「………あれ？」
永　田「……どうも」

×　×　×

ファッションビルの服屋（回想・7話）マスクをずらす店員の永田。

永　田「どうもどうも」

×　×　×

タツヤ「ですよね、あん時の！　ショップの！」
永　田「……どうも」
遅れて半助がサンダルを引っかけ出て来て
半　助「あ、どうも」
タツヤ「なーんだ、半ちゃん、そういうこと？」
半　助「……いやいや、そういうのじゃないんで」
光　代「そういうのってどういうの？」
半　助「だから……みなさんが、期待している、そういう関係では」
良　江「その割には、ずいぶん揺れてましたよぉ、プレハブが」
主婦達「げひひひひひ（と笑う）」
半　助「やめてください、そんな下品な笑い方」
みさお「だってえ、昼間っから、激しいんですもの」
主婦達「げひんげひんげひんげひん」
半　助「もう『げひん』って、ハッキリ言ってるじゃないスか」
永　田「私、行くね（去る）」
半　助「ごめんね。（タツヤに）あがれよ」
タツヤ「いや、今日は帰るわ」
半　助「なんで、仕事終わったんだろ、飲もうぜ」
タツヤ「いーからいーから、送ってってやれって」
半　助「いーから、あがれって」
タツヤ「いーから、母ちゃん飯作って待ってんだわ、また今度な」
半　助「あそう……じゃ、またね」
と、走って永田に追いつく半助。
タツヤ「………」

3　同・タツヤの家

ドアの前に立ち、周囲を気にして明るく「ただいまあ！」と叫び、一呼吸して鍵を開ける。ほとんど物が無く、ガランとした部屋。

タツヤ「……」
笑顔が消え、今にも泣き出しそうな顔で床に座り、缶ビールを開ける。

タツヤ「……」
壁に袖を通していない背広と母の書き置き。
『ごめんね』

4　湖のほとり（夕方）

オカベの弾き語り。

5　産婦人科・待合室（日替わり）

膝の上でマスクの袋詰めをするかつ子。
周りには、順番を待つお腹の大きい妊婦、赤ん坊を抱いた母親。

かつ子「……（つい目が行く）」
「9番の方」という声に、妙子、遅れてかつ子が立ち上がる。

6　道

かつ子の前を早足で歩く妙子、心の声が漏れている。

妙　子「ふざけやがって、9週目って2ヶ月前？　私の入院中じゃねえか。ジジイ気持ち悪い気持ち悪いんだよクソが地獄に堕ちろよ（振り返り）かつ子！」

かつ子「（びくんと立ち止まる）……」

妙　子「……（ため息）あんたに言ってもしょうがないか」

7　『街』・屋台『男同士』（夜）

京　太「大将、女ってのはね、ありゃ魔物だよ。17、8の小娘が、ある時ふと、35、6の年増みたいに見える瞬間がある、あるんだよ。やけに醒めた目で、男をじっと見やがる、ゾッとするね。35、6の年増が、17、8の少女に見える事は……ない、いや、ある」

熊　「なんだ？　熟女キャバクラの話か？」

京太　「魔物だよ、女ってのぁ、人類学的な存在じゃない、動物学、天文学、バケ学、いや、妖怪だ、妖怪学の領域だぁね」

8　同・ゲートのあたり（日替わり）

メスの飼い猫、ビヨンセを抱えた永田が液晶テレビを抱えて来る。

9　同・半助の部屋

じゃれ合うトラとビヨンセ。

永田　「トラ、あんた、また肥えたんじゃない？」

半助　「ビヨンセもだいぶ大きくなったね」

と、さりげなく窓を開ける半助。

トラの声　「はあ？　何それ、出てけっての？　やだよ、おめーらがどっか行けよ」

永田　「あったかいし、外で遊びたいよねえビヨンセ」

半助　「トラ、GO！」

トラの声　「GOじゃねえよ、なに？　人払い？　猫払い？　コノ野郎、パソコンの上で座りションベンしてやろうか！」

10　同・ゴミ捨て場付近

半助の部屋が気になり、興味津々な主婦たち。

みさお　「また来てんの？　ショップ店員、ここんとこ、毎日でしょ」

良江　「元カノと見たね、焼けぼっくいに火が点いた系よ」

光代　「何それどういう意味？」

くに子　「一度焼けた杭は燃えやすいことから……」

光代　「やだ、猫がおい出された」

窓から出た擬人化したトラ、ビヨンセを連れて自慢げに外出。

主婦達　「や～らしい～～」

11　同・半助の部屋

永田と半助、TVゲームしながら、

永田　「やっぱり大画面いいでしょ」

半助「うん、いい」
永田「そう言えば、渡した？　プレゼント、白いカーディガン」
半助「オカべっち？　どうだろ」
永田「……店長がクソでさ、今の職場」
半助「……そうなんだ」
永田「……まじクソ、LINEブロックしたらロッカーの私物、捨てられた」
半助「……クソだね」

12　同・たんばさんの家（日替わり）

たんばさんと半助、将棋を指しながら、
半助「口が悪いんですよ、彼女、昔から。だから溜まった愚痴とか、悪口とか、ひたすら吐きだして、スッキリして帰ってくの」

×　×　×

インサート（回想）半助の家の玄関。
永田「次は、コーヒーメーカー持って来るね」

×　×　×

半助「だから今ウチ、家電が増える一方なんです（笑）」
たんば「なんだ、ご婦人たちが噂してるようなアレではないんだね」
半助「（苦笑し）嫌いなものが一緒なんです。共通の趣味はゲームぐらいだけど、嫌いな食べ物、嫌いなテレビ番組、あと、嫌いな人間、ほぼ一緒で、その悪口で盛り上がって付き合い始めて」
たんば「珍しいね」
半助「そんなもんじゃないですか？　好きなものについて話す時より、悪口の方が楽しいし、信頼関係も生まれるし」
たんば「じゃあ、また一緒に暮らせばいいんじゃない？」
半助「いやあ」
たんば「向こうはその気なんじゃないの？」
半助「いや、ないですよ、俺、ひどいことしたから」

13　公園とか（回想・数年前）

永田「妊娠したかも」
半助「………」

思いがけない告白に動揺を隠せない半助。

半助の声「一緒に住んでたし、そんな展開もあるかなとは思ってたんだけど、いざとなったら俺……ぜんぜん腹が据わってなくて。そういう時に限って、ナニの事とか、死んだ家族の事とか、頭よぎったりして、ずるいですね、逃げたんです俺、幸せになる事から、逃げちゃった」

半助「ごめん……ナナちゃん……俺」

永田「え、待って」

半助「(取り乱し)ナナちゃんと俺……」

永田「待って待って待って」

半助「(泣きそう)ナナちゃんと……ちゃんとナナちゃんと、ちゃんと向き合って」

永田「(遮り)ビヨンセ」

半助「………」

永田「ごめん、猫だよ、妊娠したの(笑)」

傍らで俯いているビヨンセ、カッコつけているトラ。

半助「……あは、あはは、あはははは」

14『街』・たんばさんの家(回想戻り)

半助「それ以来、一緒に居ると自己嫌悪で、辛くなっちゃって」

たんば「この街に逃げて来たわけだ」

半助「……タツヤとオカベっちには、くれぐれもコレ(内緒)で」

たんば「ああ……しばらく来てないけどね」

15 同・綿中家・前

オカベ、背中にラッピングしたプレゼントを隠し、

オカベ「リカーショップオカベでーす!」

反応ないので、空き瓶を回収する。

16 同・同・内

オカベの声「オカベですー、空き瓶、回収しましたので」

京太「黙ってやれよ、そんな事は」

かつ子「………」

内職するかつ子。妙子、その顔色を見て、決意したように、

妙　子　「かつ子、悪いんだけど中町のスーパーでネギ買って来て」
かつ子　「（察して）………」
京　太　「ネギなんか、そこの八百屋にあるだろう」
妙　子　「鮮度が違うんです、ついでに、笹川の羊羹」
かつ子、財布を握りしめ、出て行く。
京　太　「羊羹、女ってのはどうしてそうムダな糖分を欲するかね……」
妙子、おかきをボリボリ食べていたが、ドアが閉まったと同時に、
妙　子　「かつ子が妊娠しました」
京　太　「………」
妙　子　「どうします？　産ませます？　堕ろさせます？」

17　リカーショップオカベ

タツヤ、イートインスペースでカフェの企画書を書き直している。
オカベ、プレゼントを手に戻って来て、
オカベ　「今日もテレワーク？」
タツヤ　「ごめん、弟がうるさくて家だと集中できねんだわ」
オカベ　「うちは平気だから、ごゆっくり（とレジの方へ）」
タツヤ　「（窓の外を見て）……え？」

18　『街』・綿中家・内

京　太　「お、お、お前は、私を疑っているんだろうが断じて私ではないぞ！」
妙　子　「私が知りたいのはどっちにするか、それだけです」
京　太　「……それはそうだ、相手の詮索など後でいい。……だからこそ断っておく、断じて私じゃない！　け、血縁はないとはいえ、お、伯父と姪と言えばボリボリ、お、お、伯父と姪も同然……ボリボリうるさい！」
妙　子　「産ませますか？」
京　太　「産ませる手はなかろう、アレはまだ子どもだ、倫理学、いや犯罪医学的または法医学的措置を取るのが……」

妙子「わかるように言ってください、堕ろすのね？」
京太「下品だね、お前は、そうだよ、コンビニ本みたいな表現を使うならね」
妙子「お金ないですよ」
京太「（ため息）……今度は経済学か」
妙子「妹に借りるしかありませんよ」
京太「当然だろうお前、あれはかつ子の実の母親だよ……」
ガタン！　玄関の方で大きな音がする。
妙子「（思わず）かつ子!?」
タツヤが靴を脱ぐのももどかしく転がり込んで、
タツヤ「……傷害事件です、かつ子ちゃんが、ちょっとヤバい状態です！」
妙子「………（唖然）」
タツヤ「コンビニ、リカーショップです、一緒に来てください！」
京太「行きなさい早く、そのままでいいから……なあ、傷害事件って、かつ子は誰に、どんな暴行を受けたんだね」
タツヤ「……すいません、被害者じゃなくて加害者なんです」

19　リカーショップオカベ（回想）

タツヤ「（窓の外を見て）……え？」
かつ子が早足で通りを突っ切って店に入ってくる。
オカベ「いらっしゃい（振り返り）やあ、かっちゃん！」
歩調を緩めず突っ込んで来るかつ子
オカベ「さっき、これ届けに行ったん……」
オカベはプレゼントを差し出し、かつ子は包丁を突き出す。
オカベ「？・？・？」
かつ子「………」

20　『街』・半助の部屋（日替わり）

半助「……さて」
パソコンを開いてキーを打つ半助。
半助の声「夜、伯母の妙子が帰って来ると、夫の京太は……酒臭かった」

21　同・綿中家・内（回想・事件のあった日の夜）

京太「どんな塩梅だった、かつ子は、本当に酒屋の小僧をやったのか？」

黙って台所まで行き、ネギを冷蔵庫にしまい、生卵を出す妙子。

京太「病院にも行ったんだろう、酒屋の小僧はどうだった」

妙子「今話しますから（炊飯器から飯をよそう）」

京太「ずっと考えてたんだ。かつ子が本当にあの小僧を刺したとしたら理由はただひとつだ。ね？　お前もそう思うだろう。理由はただひとつ！　あの小僧が……」

妙子「オカベさん」

京太「オカベが、かつ子をあんな体にした張本人だからさ！　どうだ」

卵かけご飯を猛然と食べる妙子。

京太「……すごいね。血を分けた姪が傷害事件を起こしたってのに、まず食欲を満たそうとは。はは、あっぱれだ。女ってのは、心理学的である前に、常に生理学的存在だよ」

妙子「かつ子は何も言いません」

京太「だろうよ、それだけの事をしたんだ、あの小僧が！」

妙子「オカベさんは、身に覚えがないって仰ってるそうです」

京太「……喋れるのか？」

22　病院・病室（夜）

ベッドで刑事の訊問に答えるオカベ。傍らに半助。

オカベ「僕はかっちゃんが好きだったんです、だから悲しかった。働き通しで、今にも倒れそうで、それなのに、腐った……」

半助「潰れた」

オカベ「がんもどきなんて呼ばれて。だから、エクレアとか、パルムとかあげて、一緒に食べながら、なぞなぞとか、しりとりとか……それが迷惑だったんでしょうか」

半助「確かに熱量がね、ちょっと尋常じゃなかったけど、刺される程じゃないよ」

オカベ「だよね！　刺すなら他にいるよね、いたた……（と、脇腹を押さえ）……やっぱり、誰かと間違えたんだと思います、だって僕、誕生日のプレゼントだって用意してたんですよ、あと、エクレアとか、チョコブラウニーとか」
刑事「人違いだとしても、罪は罪だからね」
半助「実刑ですか？」
刑事「軽くはないでしょう、オカベさんが告訴しなければ話は別だが……」
オカベ「しないしない、だって何とも思ってないんだから。刺された僕が何もしなければ、いや、逆に何かすれば、かっちゃんの罪は軽くなりますか？」
半助の声「オカベの言葉を、刑事は、そのままかつ子の伯母に伝えた」

23『街』・綿中家・内（夜）

京太「みろ、そんなことを言うのは自分にやましい所があるからだ、そうだろ？　ははは、墓穴を掘ったな小僧め」
妙子、オカベからのプレゼントを無造作に放り、内職を始める。
妙子「相手の男は、暴行罪と強制性交罪に問われるんですって」
京太「だろ？　被害者である前に加害者なんだアイツは、俺たちが訴えでもすりゃ」
妙子「（遮り）警察は、あんたに出頭するように言ってましたよ」
京太「……お、俺に何の関係があるんだ」
妙子「かつ子が話したい事があるんですって、刑事さんの前で。出頭しなければ、連行するそうですよ」
動揺して、マスクを折り始める京太。
京太「じょ、冗談じゃない、なぜ俺が、何の根拠があって俺が！」
妙子「知りませんよ、オカベさんが死なずに済んだと伝えたら、だったら話したい事があるから伯父を呼んでくれって」
京太「……でたらめだ」
妙子「刑事さんはもう、かつ子から何か聞いたような口ぶりでしたよ」

京　太　「でたらめだでたらめだでたらめだ！　警察に連行するなどという不条理に対して、俺は断固闘うぞ！」

妙　子　「どうしたんです？　かつ子が、でたらめを言ったんですか？　だったら、なにもそんなにオロオロしないで、警察行って話したらどうです？」

京　太　「ああ、少しも怖くないよ、警察なんか、くそ、アバズレめ！　恩を仇で返しやがった、だが証明は出来ないぞ、なぜなら、でたらめだからだ！」

半助の声　「でたらめだ、でたらめだ、と繰り返しながら、伯父の京太は残りの酒を一気にあおり、右足にサンダル、左足に革靴を履いて、家を飛び出し、そのまま行方をくらましたが……」

不織布マスクを詰めた紙袋を両手に掴んで飛び出す京太。

妙子、一瞥もくれず羊羹をかじる。

24　同・大通り（夜）

両手に紙袋を提げ走って行く京太、自治会長。

半助の声　「後日、不織布マスクを金に換えようとして、足がついた」

25　リカーショップオカベ（日替わり）

半助の声　「2週間後、オカベは、バイトに復帰した」

初太郎と益夫と半助に、刺された痕を小突かれ笑うオカベ。

半助の声　「刑事告訴はしないと主張したが、かつ子は2ヶ月ほど拘留され、警察病院で中絶手術を済ませた」

26　『街』・水場（日替わり）

水道の周りで騒がしい主婦達。

半助の声　「その噂は瞬く間に広まり、そして、瞬く間に忘れ去られた」

かつ子、離れた所で輪に入れず、炊飯器の内釜を手に立っている。

良　江　「先どうぞ」

かつ子「……」
良江「おいでよ、ほら、うちら使ってないから」
光代「ただ喋ってるとサボってるみたいだから、時々水出してるだけ（笑）」
かつ子のために水道の前を空けてやる主婦達。
かつ子、戸惑いながら、屈んで米を研ぐ。洗濯機の前にみさお。
みさお「ねえ、かっちゃん、ドンキとダイソー、どっちが好き？」
半助の声「もう誰も、彼女のことを『がんもどき』とは呼ばなかった」

27 同・半助の部屋（日替わり）

永田「やだ、もう行かなきゃ、ごめんね私ばっかり愚痴って」
半助「（パソコンを閉じ）あー、ううん、全然」
永田、帰り支度しながら、
永田「ひょっとして迷惑？」
半助「そんなことないよ」
永田「迷惑だったら来ないけど」
半助「だいじょぶだいじょぶ」
永田「てか、新ちゃんはさ、ないの？　ムカつくこととか」
半助「ああ――」
永田「言っていいんだよ、聞くよ、私」
半助「んん――、ないんだよねえ」
永田「ないことないでしょ、こんなとこ住んでたら、嫌いなヤツいるでしょ」
半助「いないんだよ、それが、一人も。ここ来てから、大概のことは、面白いからいいやって、なっちゃうから」
永田「ふ〜ん、なんか、それって……」
半助「うん、変わっちゃったのかもしんない」
永田「前向きになったってこと？」
半助「いや、後ろ向きな自分に、後ろ向きになったら、前向いてた、かな？」
永田「良かったじゃん（笑）」
半助「うん」
永田「行くね」
玄関のドアが閉まるのを、ただ見ている半助。
半助の声「それ以来、彼女は姿を見せなかった」

28　湖のほとり（夕方）

俯きがちに歩くかつ子。

オカベの声　「かっちゃん！」

かつ子　「………（立ち止まる）」

ギターケースを担いだオカベ

オカベ　「帰って来たんだね、どうして顔出してくれなかったの？」

かつ子　「………」

オカベ　「そっか、酒飲みがいなくなったからか（笑）……僕、わかんないんだけど、どうしてかっちゃん、あんなことしたの？」

かつ子、絞り出すように「ごめんなさい」と呟く。

オカベ　「怒ってるんじゃないよ、知りたいんだ、どうして？」

かつ子　「……死んでしまう、つもりだったの」

オカベ　「かっちゃんが？」

かつ子　「（頷く）」

オカベ　「……いやいや、わかんない、自分が死ぬ気で、僕のこと刺してどうすんの」

かつ子　「……うまく言えない。自分でも、良くわからない……け……ど、怖かったの」

オカベ　「こわい？」

かつ子　「……死んでしまおうと思った時…オカベさんに、忘れられてしまうのが、怖かった。……自分が死んだあと、すぐ忘れられてしまうだろうと思ったら……怖くて、オカベさんに忘れられることだけが、怖くて、たまらなかったの」

オカベ　「……よくわかんないな」

かつ子　「………」

オカベ　「…そ…うだ、ギター始めたんだ、聴く？　まだヘタっぴだけど」

と、土手に座って、ギターを取りだし歌うオカベ

『春夏秋冬／泉谷しげる』

季節のない街に生まれ
風のない丘に育ち
夢のない家を出て
愛のない人にあう
人のためによかれと思い

西から東へかけずりまわる
やっとみつけたやさしさは
いともたやすくしなびた

今日ですべてが終わるさ
今日ですべてが変わる
今日ですべてがむくわれる
今日ですべてが始まるさ
（かつ子も歌う）
今日ですべてが終わるさ
今日ですべてが変わる
今日ですべてがむくわれる
今日ですべてが始まるさ

オカベ　「……ごめん、勝手にハモんないでくれる？」
かつ子　「……ごめんなさい」
オカベ　「……これ、食べる？　美味しいよ（とお菓子を出す）」
かつ子　「食べたくない」
オカベ　「……持って帰ってあとで食べなよ」
かつ子　「チョコレートきらいなの」
オカベ　「え……」
かつ子　「食べると、ニキビになるから……」
オカベ　「………なんだよそれ、早く言ってよお！」
かつ子　「ごめんなさい」
立ち上がり、去って行くかつ子。
オカベ　「（その背中を見て）…あ」
かつ子の、白いカーディガンの後ろ襟に値札がぶら下がっている。
オカベ　「かっちゃん！」
かつ子　「（立ち止まる）」
オカベ　「誕生日、おめでとう！」
かつ子　「（恥ずかしそうに笑う）」

29　（株）ノーシーズン・ワークスペース

タツヤ　「島さん、こないだ送った企画書……」
対面の島、パソコンの画面を凝視していて気づかない。
タツヤ　「島さん……」
島　「（顔を上げ）ん？　企画書？　ああ今見たとこ、うん、いいんじゃない？」

タツヤ「いや、あの、パスワード間違えてたんで、開けなかったかと……今、新しいヤツ送りました」

島「ああ、ははは、そう、ごめん、あとで見とく」

笑って誤魔化しながら、席を外す島。

不審に思ったタツヤ、島の席に回り込みＰＣのパッドに触れる。

画面に『復興公営住宅』の完成予想図。

タツヤ「……復興公営住宅……入居者募集」

気になって画面スクロール。

「尚、現仮設住宅は」「令和六年三月をもって立ち退き完了」「解消する見込み」

タツヤ「………」

つづく

第8話「がんもどき（後編）」監督解説

横浜聡子

原作小説でも映画『どですかでん』でも、かつ子がオカベを刺す場面は描かれていませんが、今回はシナリオに書かれていたので、どう見せるのかを考えました。かつ子は他人に空気のように扱われたり、伯父に見くびられたり、側から見ると生命力のない感じで淡々と生きてきたのが、自分が変わりたいと、生きたいという欲求が生まれ、それがねじ曲がった形でオカベを刺すという行為に至ったのかな、と私は勝手に思っています。

湖のほとりでオカベとかつ子が泉谷しげるさんの『春夏秋冬』を歌う場面（#28）は最初、かつ子の声が小さかったんですが、かつ子のアップになるところで聞こえるよう、仕上げの時にちょっとだけ大きくしました。美しい歌声ですし。歌い方については事前に宮藤さんに入っていただき打ち合わせましたが、本番は完全に三浦さんと渡辺大知さんにお任せで、一発OKでした。

「勝手にハモんないで」のセリフも絶妙なタイミングで言ってくれました。切ない、すごくいいシーンを突然コメディに落とすという、決して情緒のみに留まらないシナリオがやはり素晴らしいです。かつ子のカーディガンに値札がぶら下がっているのを見ながらオカベが「お誕生日おめでとう」って言うんですが、値札がついたままなことは教えないところが彼らしいなと笑いました。

この場面の場所は「湖のほとり」と書かれていて、7話も水辺から始まるので、私はこの前後編は水をテーマにしたいなと思っていました。水辺って地面が途切れる場所。果てでもあり、同時にどこかにもつながっている場所。あの街にずっといるかつ子の心象風景のように思えて、その水の流れを随所に見せたいなと。あのロケ地は、撮影終盤で制作部さんが見つけてくれた場所で、湖の中に生えている背の高い木が強いアクセントになっていて好きな場所です。

8話では、半助と元カノ・永田（佐津川愛美）の過去も描かれて、妊娠をキーワードにかつ子の話とリンクしているのも、面白いですね。

京太が家を飛び出すお別れのシーン（#23）も、広岡さんと岩松さんの2人が繰り広げる空気感をどうやって切り取るかということを楽しんでいました。とにかく毎回、想像を超えるお芝居をされるので、それを受け止めるだけで精一杯でした。

第9話 たんばさん

第9話　たんばさん

監　督　渡辺直樹

田中 新助（半助）　池松 壮亮
与田 タツヤ　仲野 太賀
オカベ　渡辺 大知
増田 益夫　増子 直純
河口 初太郎　荒川 良々
増田 光代　高橋 メアリージュン
河口 良江　MEGUMI
妙子　広岡 由里子
熊　奥野 瑛太

与田 シンゴ　YOUNG DAIS
与田 やすお　前野 健太
行　方　伊藤 修子
土　浦　川面 千晶
鹿　嶋　上田　遥
自治会長　小宮 孝泰
長谷川　松浦 祐也
服部　伊勢 志摩
泥棒　芹澤 興人
晴美　日高 ボブ美
ラジニ　クリシュナ
井川　橋本 一郎
浜口　平原 テツ
刑事　市川 しんぺー
警官（筑波）　上川 周作
スタッフ　清瀬 やえこ

沢上 まりこ　興津 苑美
沢上 りか　吉田 萌果
沢上 ツトム　戸井田 竜空
沢上 シロウ　鳥越 一平
沢上 りょうこ　カリマ
与田 アカネ　高松 咲希
与田 リュウ　嶋田 鉄太
くに子　片桐 はいり
与田 しのぶ　坂井 真紀
島　悠吉　藤井　隆
たんばさん　ベンガル
綿中 かつ子　三浦 透子
六ちゃん　濱田　岳

1　『街』・たんばさんの家・外観〜中

半助の声「たんばさんの住まいは、街のいちばん奥にある」

何者かの手が玄関の扉を開ける。

たんば「いらっしゃい」

将棋盤の前に座り客（カメラ）を迎え入れるたんばさん。

半助の声「鍵はかかってない、中は純和室で、小さいが床の間もある」

歩を5枚つかんで振ると『と』が3枚。

たんば「君からだよ」

半助の声「住人はみな、たんばさんを頼りにしていた」

×　×　×

将棋盤を挟んで、たんばさんに愚痴を聞いてもらう住人達。

益　夫「近頃、初っつぁんがどうもよそよそしいんだ、まさかうちのカカアと……」

半助の声「困ったことにぶつかった時」

初太郎「兄ぃの大事なグラサン、便所に落としちゃいました（笑）」

半助の声「嬉しい時」

くに子「六ちゃん、電車より好きなものが見つかったんです、何だと思います？」

半助の声「悲しい時」

くに子「ショベルカーなんです（涙）」

半助の声「癪に障った時」

妙　子「歯の詰め物が取れちゃったの、3回目よ」

半助の声「そのどれでもないけど、誰かに話したくてしょうがない時」

自治会長「人恋しくて、眠れなくて、会いたくて、会いたくて、震えるなんて、そんな夜は、ありますか、たんばさん」

たんば「……大丈夫かい？」

自治会長「自治会長の職に就いて13年、ようやく我が世の春が来ました」

たんば「あんた……独り身だったの？」

自治会長「私だってね、年中小言ばっか言いたくないよ、幸せになりたいよ！　好かれたいんだよ！」

たんば「自治会長」

自治会長「自治会長、自治会長って、誰も名前で呼んでくれない、知らないんじゃないですか？　私の名前、たんばさん、ご存じですか？」
たんば「………自治会長」
自治会長「彼女は最初から名前で呼んでくれましたよ……」
スマホで、ゴリゴリに加工したプロフィール写真を見せる。
自治会長「良家の娘なんだ、地方局のね、佐賀だか大分だかの元女子アナだって。ミスでこぽん。箱入り娘だからマッチングアプリに頼るしかなかったの……」
たんば「しっ！」
家の外が騒がしい。

2　同・3号棟・前

自治会長「（出て来て）なになに、どうしたの」
半助、初太郎、益夫、光代、良江が、熊のプレハブを覗き込んでいる。
良江「どうしたもこうしたも、また熊のヤツが飲んで暴れて……ぎゃあ!!」
暴れん坊の熊、年代物の日本刀をぶら下げ出て来る。
半助「日本刀!?」
益夫「でた、名刀村正、死んだじいさんの形見」
熊「どいつもこいつも、ぶっ殺してやる！」
刀の鞘が錆びて抜けなくてイライラし、力づくで抜き、ぶん回す熊。
熊「ハッタリじゃねえぞコラぁ！　こいつで人斬ってムショ入ってたんだよ！」
半助「なに？　何があったらこうなるの？」
初太郎「ハムスターが死んだんだって」
半助「死ぬでしょういつかは、ハムスターって、そういうもんでしょう」
光代「自殺らしいのよ」
半助「じさつ!?　ハムスターが？」
良江「ストレスで、くに子さんとこの揚げ物油に飛び込んだんだって」
姿揚げになったハムスターを、くに子が菜箸でつまんで持って来る。
くに子「熊ちゃん、ほら、辛いでしょうけど、ちゃんと

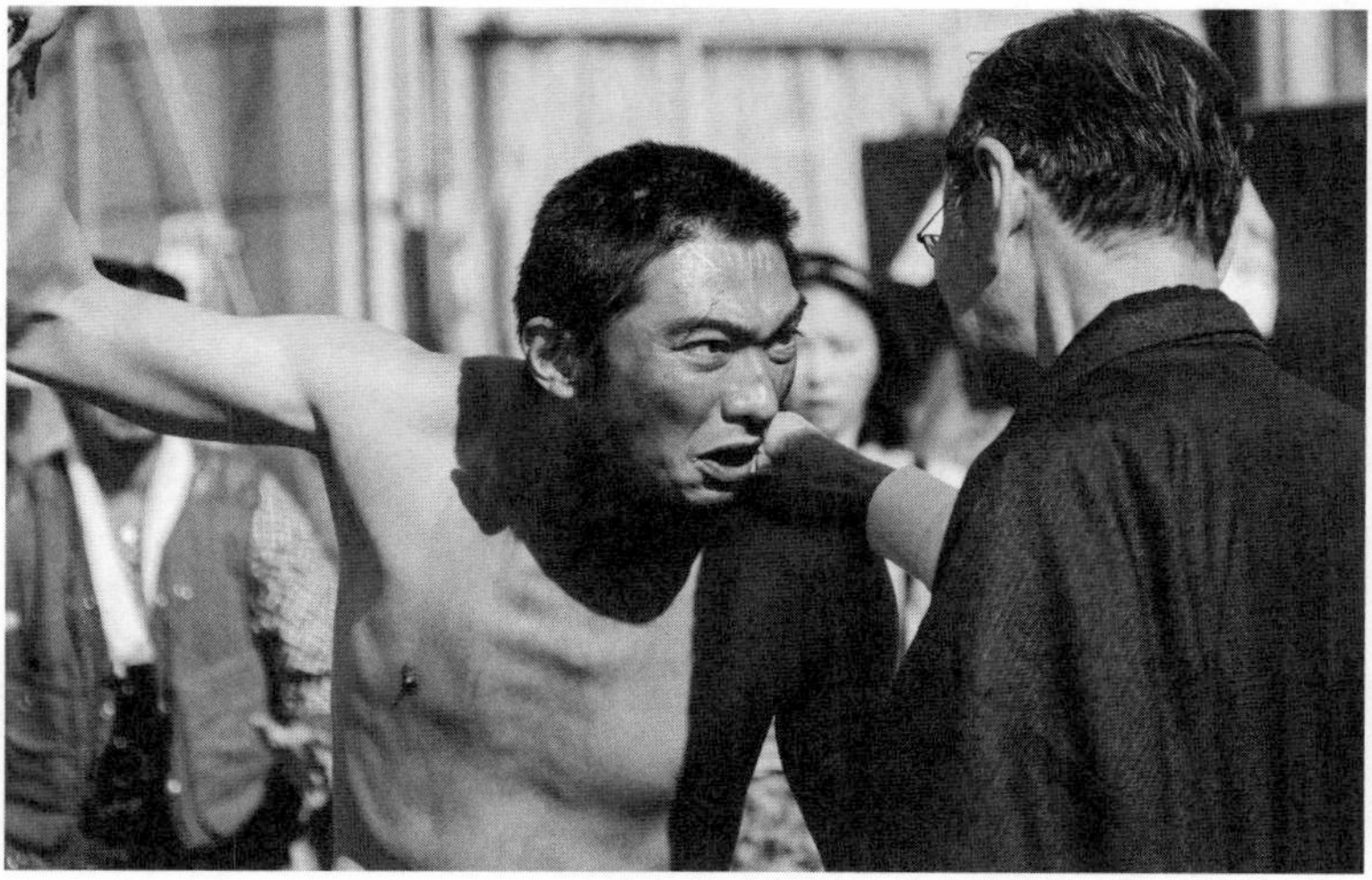

初太郎　供養してあげないと」
熊　「ハムカツだな」
「……うああああああ！」
刀振り回し走る熊。その目の前に立ちはだかる、たんばさん。
熊　「……どけ、じじい」
たんば　「………」
熊　「どかねえと、ぶった切るぞ！（振り上げる）」
固唾を飲んで遠巻きに見守る住民等、恐怖で子どもの目を覆う母親。
たんば　「代わろうか」
熊　「……あ？　なに？」
たんば　「代わろうかって、ひとりじゃ骨が折れるだろう、よし、代わろう」
半　助　「……ん？　あれ？」
たんばさんが肩にポンと手を置き、声をかけると、熊はみるみる戦意喪失し、刀を放棄する。
たんば　「みなさん、もう、大丈夫です、大丈夫ですよ～」

3　同・祠のあたり（日替わり）

ハムスターの墓の前。手を合わせる熊と主婦たち。
良　江　「なんだ、たんばさんに秘孔でも突かれたのかと思った」
熊　「代わろうかって、餅つきやってんじゃないんだから。あ、そうスか？　じゃあお願いしますってわけにはいかねえだろ。カッとなって暴れたはいいけど、正直これ、どうやって収まりつけんだよって。そこんとこ見透かされたような気がして、なんか、恥ずかしくなっちゃった」
たんばさん、通りかかる。
光　代　「……何者なの、たんばさんて」
土　浦　「若い頃は二枚目だったって噂よ」
行　方　「竹の子族よ、原宿で踊ってたのよ」
鹿　嶋　「聖火ランナーじゃなかった？　東京オリンピックの」
半　助　「そもそも、いくつなんですか？」

4　同・たんばさんの家

サポートセンターの服部の問診を受けるたんば。

たんば「六十……二？　三だったかな」
服部「昭和24年生まれって書いてますけど」
たんば「あそう、てことは……何歳？」
服部「血圧は正常ですね、体調はいかがですか？」
たんば「いいですよ、服部さんが毎月来てくださるんでね」
服部「けど、いつまでも仮設じゃ落ち着かないでしょう」
たんば「いやあ、もう私なんて、死ぬまでの時間つぶしだから」
服部「仮設のお見送りって、切ないんですよね。棺どうするんです？　ここじゃ横に置けないでしょ」
たんば「横にならなきゃ座りますから、こう、体育座りでね」

パンフレットを広げる服部。

服部「復興公営住宅、高齢者の方から優先的に移れるんですよ、お家賃も民間の老人ホームと大差ないですしね」
たんば「いやいや、まだ六十二ですから」

5　同・わんぱくデリカ・居間（夜）

ショベルカーの絵に囲まれて眠る六ちゃん。

六ちゃん「……うぃ〜……うぃ〜……がらすこん」

6　同・たんばさんの家（夜）

黒ずくめの男（泥棒）が縁側のサッシをスッと開けて入って来る。
布団で寝ているたんばさん。
室内をペンライトで照らしながら物色し、収納を開ける。

たんば「そこは違うよ、仕事道具とエロビデオ」
泥棒「!?」
たんば「（むっくり起き上がり）金はこっちだ、ちょっと待ってなさい」

たんば、部屋の電気をつける、慌てて顔を隠そうとする泥棒。
台所の戸棚の中から財布を出し、

たんば　「今これでぜんぶ、月末に年金入るから、そのころまたおいで、ほら、これもやる、あんた色男だから（仏壇のお供え物の饅頭を渡す）」
泥棒、戸惑いつつ財布と饅頭を受け取り何度も頭を下げ去って行く。

たんば　「今度から表からきな、かえって怪しまれないから、気をつけてね」

7　**同・祠のあたり**（日替わり・朝）

ラジオ体操するたんばさん。
六ちゃんが見えない重機を操縦している。

六ちゃん　「どでんどでーん、どでんどでーん、うぃ〜〜がらすこん！　うぃ、うぃ、うぃ〜がりがりがり」

たんば　「精が出るね、六ちゃん」

六ちゃん　「まあね、年度末はうぃ〜〜、工事が立て込んで、がらすこん！」

8　**同・綿中家・前**

白いジャケット姿のオカベが緊張気味に、

オカベ　「リカーショップオカベの、お、おかべ……ですけど」
白いカーディガン姿のかつ子。

かつ子　「（声にならない声で）おまたせ……」

妙　子　「あら、いいじゃない、ペアルック？」

オカベ　「お揃いコーデって言うんですよ、おばさん」

妙　子　「あんたのおばさんじゃないよ」
角を曲がり、妙子が見えなくなった途端、手をつなぐふたり。

9　**同・たんばさんの家**

たんばさんが歩を5枚つかんで振ると『と』が3枚。

たんば　「君からだよ」
将棋盤を挟んで、たんばさんの前に座るタツヤ、思い詰めた様子。

タツヤ　「もう、なにもかもイヤになりました」
黙って駒を並べ始めるたんばさん。
タツヤ　「しんどいっす、完全に詰んだ、俺の人生、一手目からやり直したい」
たんば　「お母さんは？　近頃見かけないけど……」
タツヤ　「出て行きましたよ」
たんば　「え？（手を止める）」
タツヤ　「兄貴が退院するって聞いたら、急にそわそわし出して、弟と妹連れて出て行きました、今、3DKの仮設に俺ひとりで住んでますよ」
たんば　「……そうかい、ごめんね、気づかなくて」
タツヤ　「みんな自分のことで精一杯ですから」
適宜、過去の場面をインサートしつつ、基本はタツヤの語りで。
タツヤ　「正社員になれそうなんですよ、島さんによくしてもらって。背広作って、オーダーメイド、もぬけ母さんに見せようと思って家帰ったら、もぬけの殻」
タツヤ、淡々と語りながら駒を進める。
タツヤ　「背広着れないわー俺。二人目の父さんがね、作ってくれたやつも、兄貴に取られたし。大切なもの、いっつもいいところで兄貴に取られて……」
タツヤの進めた歩を、たんばさんが飛車で取る。
たんば　「君はほら、しっかり者だから」
タツヤ　「（遮り）さすがに自信失くしますね。真面目に働いて、家族4人でここから出て、プレハブじゃない3DKで暮らしたいって、そんなの、母さんは望んでなかったのかな……」

10　駅前（回想）

『復興公営住宅』『入居者募集中』の幟や看板、ポスター貼りの仕事をするタツヤ。通りで女性スタッフがチラシを配っている。
しのぶの声　「バリアフリーの部屋もあるんですか？」
スタッフ　「ございますよぉ」
タツヤ　「………（作業の手を止め、声のする方を見る）」
遠くに買い物帰りの母しのぶ、車椅子に乗った兄シンゴ、弟リュウ、妹アカネが楽しげに談笑している。

アカネ「？？」

アカネ、視線を感じて振り返る。慌てて幟の影に隠れるタツヤ。

タツヤ「……」

11『街』・たんばさんの家（回想戻り）

タツヤ、耐えきれず、将棋盤の上の駒を掴む。

タツヤ「俺以外の家族4人で暮らしたかったんですね。母さんは、俺のことが嫌いだったんだ……だったら言えばいいのに、俺が消えりゃ済むんだから」

たんば「そんな風に考えちゃいけないよ、君。今はお兄さんに愛情が傾いてるだけで、いずれ、きっとわかり合えて、またみんな一緒に暮らせる日がくるから、それまで働いてお金貯めて」

タツヤ「俺、金だけっすか？」

たんば「……いや、そうじゃないけど、社員になるんでしょ？（タツヤの表情曇るので）……なに？」

×　×　×

フラッシュ（回想＃8）ノーシーズン・ワークスペース。

タツヤ、島の席に回り込みPCのパッドに触れる。

タツヤ「……復興公営住宅……入居者募集（画面スクロール）」

「尚、現仮設住宅は……令和六年三月をもって立ち退き完了」

「解消する見込み」

×　×　×

たんば「立ち退き……」

タツヤ「三月いっぱいで、ここ取り壊して、更地にするんですって。島さんの会社がそれに関わってて、いつの間にか俺、立ち退きプロジェクトの担当者になってて……」

たんば「（冊子見て）……極秘って書いてるけど」

タツヤ「もういいっす、関係ないんで」

12（株）ノーシーズン・会議室（回想）

島、浜口、井川ら社員同席の場で、タツヤら若手スタッフに『極秘』と刻印されたプリントが配られる。

浜口「（厳しく事務的な口調）これまでも悪質な居座り、不法占拠、又貸しなどが横行し、行政も頭を痛めておりましたが、本格的に立ち退き交渉を進めていく事になりました」

タツヤ「……」

井川「全50世帯のうち、現在残っているのは15世帯です、これを三月までにゼロにすることを目標に……」

浜口「ぬるいよ、目標じゃなくて大前提ですよね、島さん」

島「まあ……そもそも2年という期限付きで国が提供した住宅に、13年も住んでるわけだからね（とタツヤを見る）」

タツヤ「……はい」

13『街』・たんばさんの家（回想戻り）

取り壊された棟や退去済みのプレハブには×印がついている。

タツヤ「三月までに出てってくれって、一軒一軒交渉するみたいです」

たんば「……とうとう年貢の納め時か」

タツヤ「カフェなんか、はなから作る気なかったんですよ、あいつら。……けど、ムリだし俺、追い出すなんて！　好きだしみんなが！　六ちゃんも、初っつぁんも益夫さんも、かっちゃんも熊さんも、もちろんたんばさんも。みんな行くとこないの知ってるし……あれ？（我に返り）……俺も行くとこねえわ。貯金してマンション引っ越すとか言ってたくせに……ダッセえ（大きく息を吐いて）そんなわけで、今日は、お別れを言いに来ました」

たんばさん、意を決したように立ち上がる。

タツヤ「ここで死ぬと、みんなに迷惑かかるんで、今夜のうちに線路にでも飛び込みます。……長い間、お世話になりました」

たんば「ちょっと待ちなさい」

窓を開け縁側に出て、鉢植えから何やら引っこ抜いて来て、

たんば「トリカブト、知ってるだろ、猛毒、根っこを1グラム食べたら死ねる、確実に、本当に死ぬ気なら、これがいちばん」

タツヤ「……」
たんばさん、トリカブトの根を洗い、台所のまな板で刻む。
たんば「ダメだよ、誰も見てないところで死ぬなんて、猫じゃないんだから。みんな思い知るべきなんだ、君のような立派な青年が、なぜ死に至ったか、でないと、報われないよ」
小さく刻んだトリカブトを小皿に乗せ、湯飲みと共に将棋盤に置く。
タツヤ「……どれくらいで死にます？」
たんば「すぐだよ、苦しんでる暇もない」
タツヤ「……全部いった方がいいですか？」
たんば「その方が確実だろうね」
タツヤ、わずかな逡巡の後、案外すんなりと口へ放り込む。
たんば「(思わず）あっ」
タツヤ、湯飲みの水を一気に飲み干し、身悶える
たんば「どうだい」
タツヤ「……なんか……なんだろ……土臭い」
たんば「会いたい人がいるなら、会っといた方がいいよ」
タツヤ「え？　え？　え？　そんな時間あるんですか？」
たんば「横になろうか」
タツヤ「はい（横たわり）……あ、半助」
たんば「はんすけ？」
タツヤ「あいつらの名前、さっき抜けてたなって、半助とオカべっち」
たんば「呼ぼうか」
タツヤ「大丈夫です……あんなヤツらに看取られたくねえし。あー（目を閉じ）これで……父ちゃんに会える」
たんば「背広作ってくれた？」
タツヤ「そっちじゃなくて一人目の、ナニで死んじゃった本当の父ちゃん、なぜか最近、夢に出て来るんですよ」

×　×　×

フラッシュ（回想・十数年前）。
海岸。シンゴ（10）タツヤ（5）が父親やすおと遊んでいる。
シンゴ（10）「お父ちゃん、タツヤがカニ掴まえた！」
やすお「おー、頑張ったな、偉いぞ、タツヤ」
嬉しそうに笑うタツヤ。

タツヤ　「父ちゃんだけ、お前、頑張ってるよ、偉いよって、言ってくれるの。ヘンな感じなんだけど、友達みたいに、一緒に酒飲んで喋ったりするんです、夢ん中で」

× × ×

たんば　「それは……生きていればこそだね」
タツヤ　「……え？」
たんば　「君の意識の中に、お父さんはいるわけだから……君が生きている間だけ、お父さんも生きていられるわけだ」
タツヤ　「……死んだら」
たんば　「消えるだろうね、君と一緒にさよならだ」
タツヤ　「……!?（カッと目を開け）どれくらい経ちました」
たんば　「まだ、5分かそこらだけど……どうした？　どうした？」
タツヤ、縁側に這って行き、指を突っ込んで嘔吐したりして。
タツヤ　「なんかないんスか……おえっ、なんかないんスか！」
たんば　「なんかって……解毒剤？　いいの？　死ねないよ」
タツヤ　「死にたくない！　死にたくないの！　早く！」
たんば　「ちょっと待ってて」
のたうち回りながら、スマホを操作し青年部のグループLINEに「助けて！」と打ち込む。
タツヤ　「なにやってんすか」
たんば　「とりあえず正露丸……」
タツヤ　「はあ!?　ふざけんなよジジイ、人殺し！」
スマホ片手に半助が駆けつけ、のたうち回るタツヤを見て、
半　助　「どうした？　タツヤ？　しめ鯖？　しめ鯖食った？」
タツヤ　「触んなよ！　なんで来んだよ！」
半　助　「LINE、呼ばれたから」
タツヤ　「呼ばれたからって来てんじゃねえよ」
たんば　「半助くん、トリカブトの解毒剤って、なんだろうね」
タツヤ　「もういいって、間に合わねえから……」
半　助　「（スマホで調べて）ないって」
タツヤ　「え———！（のけ反る）」
半　助　「トリカブト、解毒って打ったら予測変換で

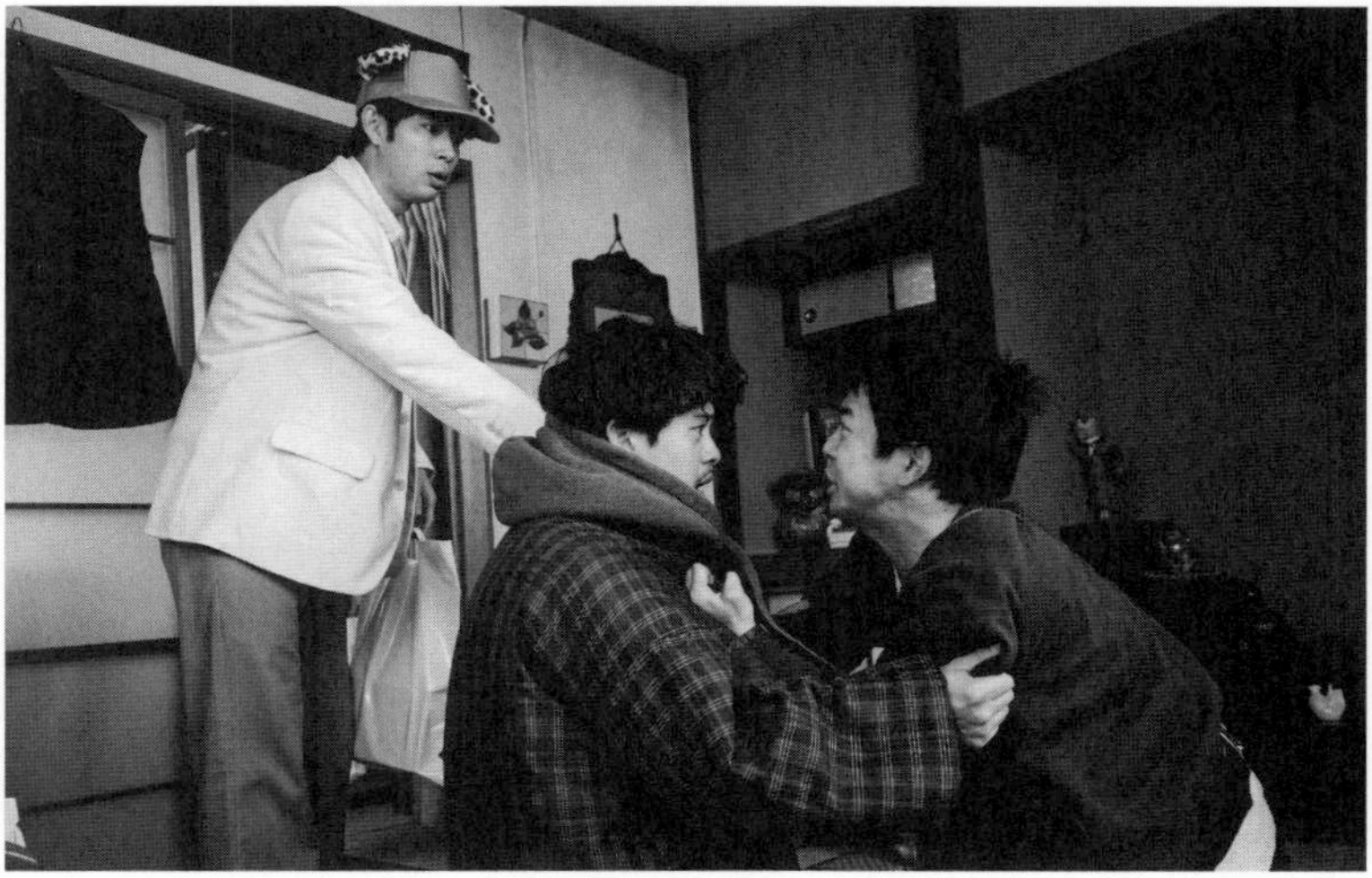

たんば　『なし』って出た。胃洗浄しかないって」
半　助　「いせんじょう？」
タツヤ　「あ、ダメだ、胃洗浄って打ったら、予測変換で『地獄』って出た」
半　助　「しっかりしろよタツヤ！」
タツヤ　「おえええっ！」
明らかにテーマパーク帰りのオカベとかつ子が来て、
オカベ　「たっちゃん！　どうした！　しめ鯖食った⁉」
半　助　「トリカブト」
オカベ　「良かったあ、怖いか…らね、アニサキス」
タツヤ　「よくねえよ……」
半　助　「そうだよ、なんでトリカブトなんか……」
タツヤ　「いいってもう！（放心状態）早く報告しろよ、一人死にますって」
半　助　「え？」
タツヤ　「（極秘資料開いて）これ、今仮設に残ってる住民のリスト、職業とか収入とか、もっと細かいこと書いてる。端っこの報告者の欄、これアンタだよえ、田中新助さん！」
『報告者・田中』の表記を突きつけられ、絶句する半助。
オカベ　「……どういうこと？」
タツヤ　「スパイだよ、俺たちのこと根掘り葉掘り聞き出して情報売ってたんだよ」
オカベ　「……半ちゃんが？　そうなの？」
タツヤ　「怪しいと思ってたんだよ、俺がコイツにホームレスのこと話したら、次の日業者が来てダンボールハウスが強制撤去されたじゃん。そのタイミングで、コイツ、炊飯器買ったの、それってさあ、どうなの？」
半　助　「……どうって」
タツヤ　「後ろめたくねえのかよ、他人の居場所奪った金でさ、ご飯美味しく炊いて、猫と一緒に食ってさ」
半　助　「あの時は……なんも考えてなかった、言われた通り報告しただけ、もっと言うと、雇用主もなんも考えてない、雇用主の雇用主、島さんだし」
タツヤ　「……何それ」
半　助　「繋がってんだよ、ミッキーさんと島さん、ほら」
島と三木本の名刺を裏返すと、社名は違うが、共にイルカのマーク。

オカベ「イルカのマーク」

半　助「かつ子ちゃんが毎日運んでるマスクの袋にも入ってるよね、イルカのマーク、全部ノーシーズン傘下の会社なんだよ」

かつ子「………（小さく口を動かす）」

オカベ「え、なに？」

かつ子「（囁く）」

オカベ「（今度は聞こえたが）……なんでもない、続けて」

タツヤ「報告しろよ早く、与田辰也、家族に捨てられて、服毒自殺って、一部屋空きますって」

半　助「しないよ」

タツヤ「なんでだよ」

半　助「お前の話なんか金になんないから！」

タツヤ「………」

半　助「報告したけど一円にもならなかった、タツヤの話、白菜5玉だったよ。それでも、俺にとっては、大事な友達だからさ」

オカベ「俺は？」

半　助「オカベっちは……白菜2玉？　そもそもこの街の人間じゃないし」

オカベ「……じゃなくて、友達かどうか……たっちゃん！」

タツヤ「……あ、ごめん、今、意識が……やべえ……死にたくねえ」

半　助「そうだよ、死ぬなんてバカバカしいよ、俺も、友達売って白菜5玉じゃ割に合わないからやめたんだ。で、島さん自らこの街に来たわけよ」

タツヤ「……何だよそれ！　お前がやることやってれば、俺が島さんとこで働くこともなかったってこと？　なにその中途半端な優しさ！」

半　助「ごめん……」

タツヤ「ゴメンじゃねえよ！　中途半端の半助なんじゃねえの!?　お前のせいで、立ち退き担当やらされんだぞ痛痛痛（腹を押さえる）」

半　助「タツヤ！　死ぬなよ！　吐け！　吐き出せ！（と背中をさする）」

タツヤ「触んな!!（跳ねのける）」

半助とオカベ、タツヤを抱き起こし、揺すったり叩いたり。

かつ子、オカベの服を引っ張り、訴えかける。

オカベ　「かっちゃん、空気読んで、今そういうんじゃない」
かつ子　「ヒヤシンス」
オカベ　「なに、ヒヤシンスがどうしたの?」
半　助　「ヒヤシンス?」
かつ子　「……ヒヤシンス」
と、まな板に残った茎を指す。紫の花が付いている。
タツヤ　「ヒヤシンス?」
かつ子　「これ、ヒヤシンス」
たんば　「トリカブトじゃなくて?」
かつ子　「ヒヤシンス」
半助、スマホでヒヤシンスの画像を検索。
半　助　「あ、ヒヤシンス」
オカベ　「ヒヤシンスの根っこ?」
タツヤ　「……たんばさん」
たんば　「あーれー(縁側)」
一同、呆然、とても気まずい時間。
半助の声　「タツヤの自殺は、未遂に終わった」
タツヤ　「デート、楽しかった?」
オカベ　「……ごめん」

オカベとかつ子、お揃いの帽子を取る。

14　同・水場(日替わり)

半助の声　「それからしばらく、平和で退屈な日常が続いた」
自治会長が夫人を連れて来る。当然、写真とぜんぜん違う。
自治会長　「水場のみなさん、おはようさん。これ、僕のワイフ、自治会長夫人の晴美ちゃんです」
晴　美　「お世話になりますぅ、お邪魔しますぅ」
ぐいぐい割り込み、短かすぎるスカートを気にしながら、しゃがんで派手な下着を洗う。
光　代　「確かに、ミスでこぽんだわ」
自治会長　「よろしくね、箱入り女房だから、あんまり外出さないけどシシシ……」
良　江　「ずっと箱にしまっとけよ」

15　同・たんばさんの家

縁側に警官と刑事が泥棒を連れて実地検証に来て

いる。

泥　棒　「ここからお邪魔して、あそこを開けたんです、そしたら、この方が、そこは違うよって、起き上がって、財布をくれました」

警　官　「……って言ってますけど」

たんば　「そんなお人好しがいるわけないでしょう」

刑　事　「そうだよねえ、お金持ってるように見えないしね」

泥　棒　「いやいや思い出してよ、お爺ちゃん、お饅頭くれたでしょ、そこ、エロビデオ入ってるでしょ」

たんば　「何を言ってるんだ、あんた！」

玄関の扉を叩く音。

声　「サポートセンターの服部ですぅー」

たんば　「はいはい只今、今日は、客が多い（と開け）……」

服部と島さん、井川、浜口らが立っている。

島　「ご無沙汰しておりますぅ、ノーシーズンの島ですぅ」

16　**同・祠のあたり**

見えない重機を点検する六ちゃん。

六ちゃん　「水漏れ、油漏れ、燃料漏れナシ……おい整備、バッテリー端子が緩んでるじゃねえか（と、乗り込んで）じゃあ、アーム伸ばすよ、うい、ういい、うい――――ん、がらすこーん！　がらすこーん！」

17　**同・たんばさんの家**

並んだ数種類の資料と誓約書。

島さん　「この三月で、ちょうどナニから13年が経ちます」

たんば　「ああ、はい」

井　川　「残っている仮設住宅、こちらだけなんです、行政は、年度内に更地にと」

服　部　「復興公営住宅、すぐ近くなのよ、みんなで一緒に移れば淋しくないし……」

島さん　「もちろん、時が経てば傷が癒えるというものではございません。しかしですね、前を向いて、新たな一歩を踏み出す勇気を、たんばさんのような、人生の大先輩が示してくださること

タツヤ　「……半ちゃん」
半　助　「………」

つづく

たんば　で、忘れるのではなく、乗り越える事が出来るんじゃないでしょうか」
島さん　「(将棋盤を見つめ) 銀が泣いてる、だね」
たんば　「はい?」
「坂田三吉だよ。出るに出れず引くに引けない銀を、おたくらがどかしてくれるわけだ (銀を香車で取り) 私の人生、これで流れが変わるかもしれん、ありがとう」
島さん　「……けけけ!……ふん……失礼」
印鑑に手を伸ばすたんばさん。
たんば　「私は年長者だ、こういう時は手本を示さなきゃいかん。わかりました……出て行きましょう」

18　同・祠のあたり

巨大な重機を乗せたトラックが坂を上って来る。
六ちゃん　「おおおっ!」
ゲートをくぐって侵入して来る重機。
大興奮の六ちゃん、住民達、不安げな表情で見守る。

第9話「たんばさん」解説

渡辺直樹

「街」の崩壊が徐々に進行していく〝終わりの始まり〟のような9話ですが、宮藤さんの脚本は、シリアスな中でもスッと笑いを入れて、ウェットになりすぎないのが特徴で、醍醐味です。最終話に向けて、住民たちが追い詰められていく様やその不穏さを撮りながらも、9話全体でもシーンごとにもシリアスに寄りすぎないよう苦心しました。これだけの情報量を30分弱の枠に収めるため、編集時にカットしてしまった笑いの要素もあるのが口惜しいです。

実はほとんどのことがたんばさんの家の中で起きる回なので、9話の半分以上の長さにもなる〝トリカブト〟のシーンを筆頭に、どのように撮るのかが課題でした。

〝トリカブト〟を飲んで、半助はスパイだとタツヤが突きつけますよね。これまで言ってこなかった本音、死を前にすると人は全てさらけ出すしかない状況が、まさに毒を食らうことで引き起こされる。

6話では、冒頭で猫まんまダンスに笑い合っていた2人が、子どもの死を経て、明日は住民説明会だと告げるシーンでは全然違う表情で向かい合っているという変化を絶妙なチューニングでやってくれました。これが9話では〝トリカブト〟の1シーンの中で感情のうねり、絶望から希望、悲しみから怒り、そして最後の弛緩までのアップダウンが全部起きる。とてつもない脚本だなと思いました。

そこで細かくカットをかけずに、できるだけこの長いシーンを通して撮って、芝居に伴って感情が動いていくさまをそのまま記録していこうと。別日にリハーサルを設け、俳優一人一人と話し合いながら動きを作りました。これは宮藤さん自身が1話や10話でもそういった手法をとられていたのですが、まるで劇場での舞台を観ているかのようで。さすが演劇界でも手練れの演出家だな、と勉強になりましたし、少しでも踏襲しようと。

リハで舞台稽古のように丹念に動きを確認する時間は、やってみるとやはり非常に重要でした。半助とタツヤはジェットコースターのように感情も表現も変わるので、リハで最終的にどこに辿り着くのかが見えて、ようやく本番に臨める状態になりました。激流のような太賀さんと、それに翻弄され自身も抱えてきた秘密を吐露してしまう池松さんは各所で繊細な微調整を繰り返されていました。俳優の力の素晴らしさを思い知ったシーンでしたね。

また、たんばさんの家では2話から引き続き、将棋盤を用いての作劇になっていることがとても印象的でした。立ち退きを迫られる最終盤は、たんばさんとこの「街」が詰将棋みたいに囲まれているように感じていて。決意を固めて「参りました」と投了するかのように頭を下げるたんばさんが、魅力を持って映ればいいなと願っています。

第10話 とうちゃん

第10話　とうちゃん

監督　宮藤官九郎

田中 新助（半助）　池松 壮亮
与田 タツヤ　仲野 太賀
オカベ　渡辺 大知
増田 益夫　増子 直純
河口 初太郎　荒川 良々
増田 光代　高橋 メアリージュン
河口 良江　MEGUMI
擬人化トラ　皆川 猿時
ホームレス父　又吉 直樹

妙子　広岡 由里子
沢上 みさお　前田 敦子
沢上良太郎　塚地 武雄
熊　奥野 瑛太
行方　伊藤 修子
土浦　川面 千晶
鹿嶋　上田 遥
自治会長　小宮 孝泰
長谷川　松浦 祐也
『男同士』大将　西郷 豊
服部　伊勢 志摩
晴美　日高 ボブ美
ラジニ　クリシュナ
編集者　前原 滉
井川　橋本 一郎
浜口　平原 テツ
沢上 まりこ　興津 苑美

沢上 りか　吉田 萌果
沢上 ツトム　戸井田 竜空
沢上 シロウ　鳥越 一平
沢上 りょうこ　カリマ
リポーターB　橋野 純平
アナウンサーA　結城 さなえ
くに子　片桐 はいり
ワイフ　LiLiCo
島 悠吉　藤井 隆
たんばさん　ベンガル
三木本　鶴見 辰吾
綿中 かつ子　三浦 透子
六ちゃん　濱田 岳

1　『街』・ゲート付近

待機している重機やトラック。

半助の声　「たんばさんが、立ち退きの交渉に応じた」

1階に下ろされた大漁旗の前、半助、マジックを出し、

半　助　「たんばさん、なんかひと言、書いてってよ」

TVクルーがVTR収録している。

アナA　「今年もこの季節がやってきました、例のナニから13年。この仮設住宅では、ついに立ち退きに向けた動きが本格化し、住民たちとの交渉が始められています」

軽トラの荷台に収まった家財道具、擬人化したトラが乗っている。

半　助　「トラ、下りろバカ」

擬トラ　「にゃあ」

大漁旗にたんばさんの寄せ書き『歩のない将棋は負け将棋』。

たんば　「将棋盤は置いて行くから、使ってよ、じゃあね、お先」

去って行く軽トラを見送る半助、オカベ。

オカベ　「13年か」

半　助　「俺ちょうど1年だわ、ここ来て」

2　ワイドショー画面（ドローン映像）

リポB　「ナニの被災者のみなさんは、今も仮設住宅で不自由な暮らしを強いられています……13年の節目に彼等は今、何を……」

3　『街』・初太郎の家

半助の声　「タツヤは仲介業者にくっついて、一軒一軒交渉して回っている」

浜口とタツヤ、復興住宅のパンフレットを広げ、

タツヤ　「強制力はないんです、国にも、自治体にも」

良　江　「でも、たんばさんに出て行かれちゃ、ねえ」

初太郎　「兄ィは？　なんつってる？」

4　同・益夫の家

井川　「立ち退き料は一律5万円です」
光代　「すくなーい、復興住宅の家賃1ヶ月分じゃない」
服部　「プラス、マスク2枚」
光代　「いらなーい」
益夫　「出てってもいいが条件がある、今度も初っつぁん家の向かいの部屋にしてくれ」

5　同・大通り～水場

自治会長　「そんなに快適じゃないんだって？　復興住宅」
妙子　「内見したけどさ、シャワーの水圧が弱いの、あと畳がケバケバ」
土浦　「それで5万は高いわぁ」
タツヤ、井川、浜口、服部が合流、地図を見ながら奥の棟へ向かう。
妙子　「だいたい急すぎない？　何が建つのよ、こんな所に」
ちょうど島さんが家から出て来て、
島さん　「おはよう！　今から、建設会社のミーティング、問題山積みだよー」
タツヤ　「僕ら4号棟回ります」
鹿嶋　「……良い人だと思ったのに」
島さん　「（笑顔で）今日はひと雨来そうですねえ！」
行方　「黒幕だったとはね」

6　同・沢上家・作業部屋

半助の声　「最初に難色を示したのは意外な人物だった」
良太郎　「困ります」
良太郎と、赤ん坊を抱いたみさお、困惑している。
子どもたち5人が隣の部屋から覗いている。
良太郎　「家族8人の生活費でカツカツなんです、家賃なんか……」
浜口　「子どもは二人で一人という計算ですから、沢上さんは五人家族になります」
服部　「節約すれば払えない額じゃないですよ、一緒に頑張りましょう」
半助、オカベら住民が家の外から遠巻きに見ている。

みさお　「いきなり訪ねて来て、今月中に出てけって、あんたら鬼？　死ねって言ってるようなもんじゃん」

井　川　「自立していただきたいんです、国としては、みなさんが自立するまでの一時的支援として、仮の住まいを提供していたわけですから……」

みさお　「見てわかんない？　自立に至ってないの」

浜　口　「子ども作るからでしょ」

井　川　「ちょっと……浜口さん」

浜　口　「ああ失礼、少子化の時代に、ご立派だとは思いますよ、でも……」

良太郎　「あんたわかるでしょう」

タツヤ　「はい？」

良太郎　「お母さんと兄弟二人養ってるよね、楽じゃないだろう」

タツヤ　「うちは……もう、出てったんで」

みさお　「何それ、抜け駆け？　青年部とか言ってさ、カフェ作りますとか言ってたくせにさ、そっち側に回って搾取するんだ、裏切り者じゃん！」

声　「養育費とかもらってないんですか？　奥さん」

いつの間にか三木本が台所にいる。

半　助　「……ミッキーさん」

三木本　「みなさんのこと調べさせてもらいました」

みさお　「ツトム、シロウ、外で遊んできな」

三木本　「(良太郎に) あんたの子じゃないんだってね」

タツヤ　「やめてください」

三木本　「本当の父親は他にいるんでしょ、みんなここの住人なんでしょ、すごいね奥さん、とっかえひっかえ」

半　助　「おい、やめろよ！」

三木本　「この子たちの父親5人が、毎月1万円ずつ出し合えば払えるじゃない家賃、ねえ、カイワレちゃん」

みさお　「(遮り) 聞こえないの、外で遊んできなって！早く！」

良太郎　「行かなくていい！」

みさお　「………」

良太郎　「お前達は知ってる筈だ、誰が本当の父ちゃんで、誰が嘘つきか、そうだよな、りょうこ、父ちゃんの名前言ってみろ！」

りょうこ　「さわがみりょうたろう！」

三木本　「いやいや、どう見てもハーフ、インド人でしょ出稼ぎの……」

良太郎、三木本に掴みかかる。

良太郎「あんたになんか聞いてない、聞いてないんだよ！　帰れ！　出てけ今すぐ！」

みさお「………」

半助の声「明け方、かいわれちゃんこと沢上みさおは、赤ん坊だけを連れて、街を出て行った」

7　同・昇降口（日替わり）

良太郎「………」

みさおの寄せ書き、アイドル時代のサインとメッセージ。

『ツトム♡まりこ♡りか♡シロウ♡りょうこ♡大好き！』

『ありがとう楽しかった♡べじっ娘　かいわれChan♡』

じっと見つめる沢上家の子どもたち。

半助の声「入国管理局が、りょうこの父親を不法就労の罪で連行した」

ラジニがメッセージを書き、入管職員に連行される。

ラジニ「アルビダァ（さよなら）」

8　同・半助の部屋・縁側

オカベ「……半ちゃんのせいじゃないよ」

半　助「いや俺でしょ」

タツヤ「遅かれ早かれだって、みんな知ってて黙ってたんだから」

半　助「違う、黙ってるってすごいことだよ。放っとくって優しさなんだよ。黙ってらんないよ、まともじゃないじゃん、六ちゃんとか熊さんとか、かいわれちゃんとか、誰かに言いたくなるじゃん」

タツヤ「報告したら金もらえるしな」

半　助「……自分はまともで正しい人間だから、そうじゃない人間に対しては何してもいいって、どっかで思ってた、傲慢だった。だから謝りたい、みんなに……」

タツヤ「みんなって誰？」

半　助「………」

タツヤ　「みんな出てくよ、オマエのせいで（平面図を指して）たんばさん、初っつぁん、益夫さん、六ちゃんの母ちゃんにはノーシーズンが再就職先斡旋するし、かつ子ちゃんも」
半　助　「そうなんだ」
オカベ　「社長夫人が、一時的に引き取るんだって」
かつ子　「……ごめんなさい」
オカベ　「……謝ることないよ、ショックだけど」
タツヤ　「ゴネてる連中だって時間の問題。税金払ってないヤツ、生活保護の不正受給者、叩けば埃出るヤツばっか。だから黙ってんだよ優しいわけじゃねえよ」
半　助　「追い出してどうすんの？　ここ何が建つんだよ」
声　「スタジアムです」
島さんがタブレットを持って来る。
復興記念事業のサンプル動画（グラフィック）が再生される。
島さん　「復興のシンボルとして、メモリアルスタジアムを作るんです」
オカベ　「胡散臭いな」
島さん　「柿落としは今年の夏、復興記念のフェスを開催します」
『ナニロックフェス２０２４』のキービジュアル。
オカベ　「ますます胡散臭い」
島さん　「ヘッドライナーにはマキシマムザホルモンが……」
半　助　「いやいや待って、スタジアムには狭すぎるでしょ」
島さん　「ここはね。だから、もっと交通の便の良い、ウォーターフロントに建設します。ここはアーティストの控室と駐車場、あと簡易トイレ」
半　助　「そんなの、ここじゃなくてもいいじゃないスか！」
島さん　「うん、どこでもいい。けど、こじつけでも理由があれば、住民のみなさんも、納得するでしょ」
半　助　「しません、フェスの？　控室？　そのために出てくの？」
島さん　「田中くんさ、ここ確かに良いとこだけど、ユートピアじゃないからね」
半　助　「………」

島さん　「仮の住まいだから、まともな人間は出てくんだよ、こんなとこ」

去って行く島さん、タツヤもいたたまれず、

タツヤ　「ごめん、誓約書、明日までだから」

半　助　「……」

9　同・半助の部屋（夜）

1年が経過し、それなりに生活感を感じさせる室内。

半　助　「物、増えちゃったな」

トラの声　「ぜんぶもらいものですけどね」

半　助　「炊飯器は自分で買ったよ（誓約書を見つめ、ため息）どうしよう……どこ行けって言うんだよ」

トラの声　「なんとかなりますよ」

半　助　「……お前ついてくんの？」

トラの声　「え？　置いていくんですか？」

半　助　「あ、QRコード」

トラの声　「無視しないでぇ～」

誓約書のQRコードを読み取るとノーシーズンのサイトに飛ぶ。

『3月31日までに当住宅を明け渡します』の文言。

半　助　「……」

『同意する』のアイコンをタップすると、イルカの鳴き声。

電子マネーで5万円振り込まれている。

トラの声　「にゃあ――！」

半助の声　「立ち退き料は電子マネーで支払われた」

10　同・大通り付近（日替わり）

半助の声　「スマホを持たない高齢者には5万円分の商品券が配られ……」

商品券の列に並ぶ老人たち。

服　部　「六ちゃんにはこれ、5万円分のICカード、電車乗り放題」

六ちゃん　「もう電車じゃねえし、ショベルカーしか勝たんし」

くに子　「六ちゃん、これ運んでぇ」

くに子が大皿に盛った料理を持って出て来る。

半助の声　「最後の日、ノーシーズン主催のお別れ会が

開かれた」

大漁旗に寄せ書きする初太郎、益夫、『男同士』の大将、長谷川ら。

妙子、良江、光代らが缶ビールを飲みながら焼きそば等を作る。

子どもたちと六ちゃんはヨーヨー釣り。

泣きながらスピーチする自治会長、だが嫁しか聞いてない。

住民にお酌して回る井川、浜口らノーシーズン社員。

擬人化したトラ、いたる所で暴食と放尿を繰り返す……という点描。

缶ビール片手に眺める半助とタツヤ。

半　助「たんばさんにも声かければ良かったな、電話してみようか」

タツヤ「え？　半ちゃん聞いてない？　たんばさん入ったの、ケアハウスだよ」

半　助「え、復興住宅じゃなくて？」

タツヤ「認知症って言われたみたい、独り暮らしは無理だろうって」

半　助「いやいや、してたじゃん独り暮らし、できてたじゃん」

酒に酔った初太郎と益夫が酒瓶を手に島さんの家にやって来る。

初太郎「タツヤ、島さん中いる？」

タツヤ「あー、いるけど、なんか別件があるとかで」

益　夫「1杯ぐらい付き合ってもいいじゃん」

タツヤ「リモート会議中で、くれぐれもよろしくって言ってました（トイレへ）」

益　夫「あそお、別にいいけどよお！　俺らに挨拶するより大事な用件なくねえか？」

初太郎「まあまあ兄ぃ、飲み直そうぜ」

益　夫「こちとらお望み通り、明日出ていくんだぞ！　けったくそ悪ぃ！」

半　助「益夫さん、初っつぁんも、いろいろお世話になりました」

初太郎「金に困ったらよ、仕事いくらでもあるから、なあ兄ぃ」

益　夫「ここの解体工事もあるしな」

11　同・大漁旗の前

寄せ書きを見ているかつ子。

良太郎の次男シロウが顔を出し、かつ子に、

シロウ「お姉ちゃん、ちょっと来て（手まねき）たぬき、たぬきがいるよ」

かつ子「………（半信半疑）」

12 同・ゲート付近〜大通り（時間経過・夜）

泥酔した熊が、待機している重機に向かって、

熊「おい、どけろよユンボ、あてつけか？　目ざわりなんだよ！」

半助「まあまあ熊さん、座って飲みましょう」

マスコミのカメラ、ドローンなども飛んでいる。

熊「なに撮ってんだよマスコミ！　撮るなよ！　こちとら前科あんだぞ！」

良太郎「しょうもな」

焚き火（一斗缶）の前で酒をあおる良太郎、目がすわっている。

良太郎「……人斬ったの埋めたのって、つまんねえ嘘つきやがって、おめえの前科、下着泥棒じゃねえか、しょうもな」

オカベ「半ちゃん、かっちゃん見なかった？」

タツヤ「さっき大漁旗のとこ、いたけど」

熊「じゃあ、面白え嘘ついてやろうか、なあ、ヤリマンの亭主」

良太郎「……」

13 同・校舎の中・階段（夜）

かつ子「……どこ？　ねえ、どこ？」

シロウ「ごめんなさい」

隠れていたツトムがかつ子の両手を結束バンドで縛る。

かつ子「………」

オカベの声「かっちゃん？　かっちゃーん？」

14 同・大通り（夜）

良太郎、怒りを込めて一斗缶を蹴り倒す。

良太郎「もういっぺん言ってみろ！」

熊「何回でも言ってやるよ、おめーんとこのまりこは俺が仕込んだ俺の子だよ」

良太郎「誰が信じるか、そんな話！（掴みかかる）」
八百屋の長谷川、『男同士』の大将らが止めに入る。
熊「お前らも言ってやれよ、もう二度と会わねえんだから、やったんだろ？　体育倉庫のマットで、シロウの父ちゃん、りかの父ちゃん」
大将「逆だよ」
長谷川「良さん……面目ねえ」
良太郎「……ちきしょお！　どいつもこいつも！」
良太郎、火の付いた焚き木を抜き取り、振り回す。
益夫「おっ、聖火ランナーか？」
益夫も燃える焚き木を握って走り出す。
良江「あんた！　早くやめさせなよ！」
初太郎「（泥酔）うるせえっ、このアマ、てめえ兄ぃとデキてんのか？」
良江「はあ!?」
光代「そうなの？」
良江「やめてよ、みっちゃんまで、何を根拠に……」
初太郎「根拠はある！　俺はな、個室ビデオで寝取られ系のAV見まくって研究したんだ、それが根拠だ！　どうだ、観念しろ！」
良江「観念しないよ、そんなんじゃ！」
熊「こいつに聞きゃあわかるよ（と半助を指す）」
半助「……はい？」
熊「おめーだよ短パン野郎、俺らのこと嗅ぎ回ってただろ」
初太郎「そうなのか？」
熊「おかしいと思ったんだよ、今頃んなって仮設に住むヤツなんかいねえし、ノーシーズンのスパイなんだろ？」
縁石に座ってタバコ吸っている三木本が視界に入り、
半助「……そっすよ」
タツヤ「もういいって半ちゃん！」
半助「みなさんの個人情報売って（三木本を指し）あの人から小遣いもらってました、すいませんでした！」
一同ざわつく、全身白い粉だらけのオカベが走ってきて、
オカベ「伯母さん……伯母さん、かっちゃんが」
妙子「（振り返り）ぎゃあ！」
タツヤ「なにオカベっち、どうした」

オカベ「(良太郎に) お子さんたちが、校舎に立て籠もってます」
良太郎「…………」

15　同・校舎・廊下〜階段 (夜)

半助、タツヤ、オカベを先頭に大人達が階段を上がろうとすると、手すり越しに木製の椅子が飛んで来る。

タツヤ「危ねっ……おい、何すんだよ」
半　助「しっー!」
耳をすますと子どもたちの歌声が聞こえて来る。
子どもの声「♪シャキシャキレタスのきぶんで　プチプチトマトのよいんで」
タツヤ「……べじっ娘じゃん」
かつ子「♪気まぐれサラダに乗り遅れ」
オカベ「かっちゃん」
子どもの声「♪三角コーナーで泣いてる私」
感極まり階段を上る良太郎、だがバリケードに阻まれる。
良太郎「……ツトム」
ツトム「…………」
オカベ「危ないっ!」
ツトム、消火器を良太郎めがけて噴霧する。
それを合図に子どもたち、上から物を投げたり、消火器をまいたり、バケツの水をかけたり、攻撃を仕掛ける。
大人がパニック状態に陥る隙に、ツトム、かつ子を連れて2階へ。

16　同・ゲート付近 (夜)

放置されている重機によじ登る六ちゃん
六ちゃん「…………いやいやいやいや」

17　同・校舎・2階

大玉ころがしのボールが落ちて来る。
かつ子を楯にして、立て籠もる沢上家の子どもたち。
ツトム「俺たち、ここから出て行きたくない、ずっとここにいたい!」
タツヤ「それはムリなんだ、明日から解体工事が始ま

るの、もう住めないの」
まりこ「やだ！　ここがいい！」
半　助「どうしてここがいいの？」
まりこ「父ちゃんと母ちゃんが出会った場所だから」
良太郎「………」

×　　×　　×

フラッシュ（回想・＃４）復興３周年イベントの記憶、甦る。
♪草食なんて風評　風評　破ってビーガン　奪ってバージン
♪ベジ！ベジ！ノーモアベジ！
端っこで踊るみさお。最前列でノリノリで声援を送る良太郎。

×　　×　　×

まりこ「みんなここで生まれた、ここしか知らない、だからどこにも行きたくないの。ここより良い所だとしても、別々に暮らすのなんて、イヤなの！　昨日、話し合って決めたの、絶対ここに残るの！」
良太郎「……まりこ」
半　助「……わかる、よくわかるよ。おじさんもね、ここしかないんだ。家族みんな死んじゃってさ、猫とおじさん、ふたりでここ来たの」
タツヤ「おじさんなんか、家族に置いてかれちゃったんだぞ」
半　助「だからわかる、仮設っていうけど、君達にとっては仮じゃないもんね」
オカベ「……でも、かつ子お姉ちゃんは、関係ないよね」
子どもたち、不安になり顔を見合わせ、
シロウ「……関係なくないよ」
オカベ「そうかな」
り　か「お腹すいたら、このお姉ちゃんを殺して食べる！」
一同、ざわつく。
り　か「食べない」
まりこ「食べるじゃなくて、ご飯作ってもらうって、言いたかったんだよね」
良太郎「別々になんか暮らさないよ」
ツトム「……嘘だ、母ちゃんがいなくなって、ここから追い出されたら、もう俺たち、一緒に暮らす理由、ないじゃないか！」

良太郎「お前たちが、父ちゃんの子じゃなかったらな」
子どもたち「……」
良太郎「もちろん、父ちゃんは、みんな父ちゃんの子だって思ってる。だけど、お前たちがそう思えないんだったら、それぞれ、本当のお父ちゃんだと思う人に、可愛がってもらえ」
熊「(思わず) おい」
シロウ「父ちゃんは?」
良太郎「……ひとりで生きていくしかないだろうな。誰かひとりだけ可愛がったら不公平だもん、みんな一緒か、みんなバラバラか、どっちかだ」
シロウ「いやだ!」
りか「やだ! やだ! やだ!」
まりこ「みんな一緒がいい」
ツトム「みんな父ちゃんの子だって言ったじゃないか!」
たまらずバリケードを乗り越えて、良太郎に抱きつく子どもたち。
良太郎「ありがとう、みんなありがとう」
オカベ「かっちゃん! (駆け寄る)」
半助「……どうしよう、俺もどこにも行きたくないんだけど」
タツヤ「……」

18 同・昇降口 (明け方)

半助「ここより良いとこなんか、ないと思うんだよ」
タツヤ「一年しか住んでないくせに」
半助「出て行かなきゃダメだよな」
タツヤ「……だな」
半助「大人しく出て行くか、やかましく出ていくか」
タツヤ「やかましく?」
半助「(突然叫ぶ) ふざけんなよ! (走り出す)」
タツヤ「びっくりしたあ」
解体作業員が大漁旗を乱暴に回収している。
半助「なにやってんだよ! 触んじゃねえよコノ野郎! (掴みかかる)」
作業員「バラせるもんはバラせって、言われてるんで」
タツヤ「まだ早いでしょう! いくら何でも!」
三木本「なになに、どうしましたぁ?」
井川、浜口、三木本らが半助を押さえつける。
半助「離せよ! これは俺の私物だよ! お前ら触んじゃねえ!」

半助

揉み合う半助と作業員、引っ張り合って大漁旗が破ける。

「……何してくれてんだよ！（ついに三木本をぶん殴る）」

熊、初太郎らが加わり乱闘。撮影クルーが囲む。

タツヤ「撮るなよ！　不法侵入！」

光代とくに子が同時にやって来て同時に叫び出す。

タツヤ「ひとりずつ、ひとりずつお願いします！」

くに子「六ちゃんがいないの！」

光代「ウチの人が酔っ払って、島さん家に火ぃつけちやった！」

咄嗟に走り出す半助。

19　同・島さんの家の前

半助「島さん！」

益夫「へへへ、やっと出て来たぜ」

黒煙をあげて燃える自宅の前で、呆然と立ち尽くす島さん。

益夫「どうせ解体すんだから、この方が楽でいいじゃねえか」

島さん「（振り払い）ワイフが……ワイフが中にいるんです！」

益夫「なに!?　早く言えよ！」

島さん、ペットボトルの水を頭から被り、足を引きずって飛び込む。

半助「その足じゃヤバいって、島さん！」

益夫「やっちまった……初つぁん、やっちまったよ！」

タツヤ「消火器！　誰か消火器持って来て」

初太郎「消防車呼ばねえと追っつかねえよ」

島さんの妻「風が強いから、燃えるの早いしね」

島さんのワイフ、ワイン片手に火事を眺めている。

一　同「……」

島さんの妻「早く119番！」

六ちゃんの声「どでんどでーん、どでんどでーん」

くに子「…え？　六ちゃん？」

半助、意を決して中に入ろうとして

半　助「あっ、あっ、あつっ」

島さんの妻「しょうがないねえ！（と中へ）」

六ちゃんの声「（徐々に近づく）どでんどでーん、どでんどでーん！」

大通り、必死の形相で逃げまどう撮影クルー、擬

トラ。

くに子　「六ちゃん、どこ？　やだあ！」

その後ろから、六ちゃんの運転するユンボが猛進してくる。

六ちゃん　「どでんどでーんどでんどでーん！　うぃーーーんうぃーーーん！　がらすこーーーん！　がらすこーーーん！」

オカベ　「ストップ！　六ちゃん、ストップ！」

六ちゃん　「止め方、知らない、がごーんごごーんごーん！」

ユンボが熊のプレハブ横の小屋を破壊。

その衝撃で島さん宅の窓が割れ、縁側から放り出される半助。

六ちゃん　「…飽きた！（ｏｒ ムズい！）やっぱり電車がいいや、母ちゃん」

炎に包まれ、ワイフが島さんを背負って出て来る。

かつ子　「（爆笑）最高！」

歓声が起こる。

半助の声　「……と、こんな感じで俺達は、やかましく街を出て行った」

20　動画『【超悪質】仮設住宅に居座る住民～放火、暴動、令和のスラム街』

大漁旗を巡る乱闘。半助、モザイク処理され、音声も変えられている。

半助の声　「あの日の騒動はワイドショーで繰り返し流され、一週間ほどＳＮＳで拡散された」

21　スーパー・店内

半助の声　「あれから随分経ったが、『街』の住人だった事を、彼らは決して口外しない。どこかで、すれ違っても、絶対に声をかけない」

買い物中の良江と初太郎夫妻、街にいた頃より洗練された着こなし。

（マスクが大漁旗）

光代、益夫とすれ違うが視線すら交わさない。（エコバッグが大漁旗）

22　ファッションビル

見事にキャラ変したかつ子、接客する。頭にスカーフ。（大漁旗）

半助の声「それは暗黙のルール。過去を消して、社会に溶け込んでいる仲間の邪魔をしてはいけない」

かつ子「試着できますのでお気軽にお声がけくださーい、それ新作、いいですよね、私も気になって買っちゃったんですぅ」

23　かつて『街』があった場所

オカベ、演台に座って菓子パンを食べる。首に手ぬぐい。（大漁旗）

半助の声「復興記念のイベントは、結局開催されなかった」

プレハブも廃車も瓦礫も跡形も無く消え去り、祠と小さな墓石だけが残っている校庭を、六ちゃんがひとり走っている。

六ちゃん「どですかでーん、どですかでーん」

沢上家の子どもたちが手旗（大漁旗）を振って走る。

半助の声「季節のない街はもう、この世に存在しない」

24　通り沿いのカフェ

車道に面した席で原稿を読んでいる編集者。
正面に半助、ペット用のキャリーバッグにトラ。

半助の声「でも、彼らは知っている。あれよりひどい暮らしはないし、あれほど人間らしい生き方もないことを」

編集者「ん〜個人的には好きなんですけど……これだと掲載は難しいです」

半　助「………」

車道の向こうに、ホームレス父がいて、こちらを見ている。

編集者「田中さん？」

半　助「……あ、ですよねー」

もう一度目を向けると、清掃員が掃除している。

編集者「キャラは魅力的なんですけどね、ホームレスの親子とか電車バカの六ちゃんとか（笑）絶対いないし、こんなヤツ。ただコンプライアンス的に？　がんもどき？　ヤリマンのカイワレちゃん？　女性蔑視が引っ掛かりました、僕は好きですけど」

コンコンと、ガラスを叩く音。背広姿のタツヤが立っている。

タツヤ　「……… （ニヤニヤ）」

大漁旗の切れ端で作ったネクタイを引っ張り出すタツヤ。

『歩のない将棋は負け将棋』というたんばさんの寄せ書きの文字。

編集者　「次はハートフルで、誰も傷つかない系のやつ、お願いしますね」

半　助　「わざわざすいません」

出て行く編集者を見送る半助、立ち上がると、大漁旗で作った半ズボンを履いている。

タツヤ　「(笑)」

半　助　「(笑)」

完

第10話「とうちゃん」監督解説

宮藤官九郎

最終話の「とうちゃん」が、いちばん原作と違います。半助たちが暴動を起こして終わる形にしたかった。自分としては『爆裂都市』（石井聰亙監督）や『ドゥ・ザ・ライト・シング』（スパイク・リー監督）のつもりでしたが、『どですかでん』の初見後、何かに突き動かされて西成に暴動を見にいったことが関係あるかも。そういう、何か怒りみたいなものを入れ込みたかった。茨城県行方市のある校庭にセットを組んでロケをしていたんですが、渡辺直樹さんが交渉して校舎も撮影できることになり、立てこもりの展開が決まりました。あのジメッとした、空の暗い感じは作品に合っていたと思います。

暴動シーンは半助の感情が最後に爆発することにイベント性をもたせたくて、長回しに。池松くんの撮了日で、夜中までかかって一発ＯＫになるほどみんな集中していました。その後、熊さんのエロ本が散乱するカットで、本の中のモデルの顔が映ると肖像権上問題だからって、スタッフ総出でひたすら顔だけちぎる作業をしたのが夜中2時頃ですからね。いい大人が、チマチマ、エロ本をちぎって。好きじゃなきゃできない仕事です。

連ドラの手法だと劇伴は多数作った中からテーマ曲とか泣きの曲、とか、ある程度、定番を作るものなんです。だから横浜さん、直樹さんが踏襲しやすいように、1・2話のラストは同じ曲にしたんです。「これ絶対テーマ曲だろ」っていうやつなんですが、なぜか2人とも絶対に使わない。これが映画の人か!と悔しかったので、エピローグでも無理やり俺のテーマ曲を使いました。

最後はとにかくかつ子にだけは救われてほしかったので、いちばん突飛で飛躍がある設定にしました。たぶん彼女はオカベとは付き合わず、六ちゃんとオカベだけが街に残るんだろうと。後は大漁旗で皆つながってることで、読後感を爽やかなものにしたかったんだと思います。

撮影の近藤さん、美術の三ツ松けいこさん含め、日本映画界トップのスタッフ・キャストと、合宿状態で連ドラが撮れたのは、贅沢で幸せでした。いろんなところでいちばん好きな作品って言っちゃったから、ここで一区切りつけて、次は自分のアップデートした?第2章が始まると。原作モノを作る時はたぶん、アウトプットしながらインプットもしてるので、そういう意味では今後も時々は原作があるものをやっていきたいです。

総解説「季節のない街」

高田文夫（放送作家）

１９６７年（昭和42年）、私は日大芸術学部の落語研究会に入った。そこには同期で、とてつもない男が居た。田島クンだ。（のちに古今亭右朝となり52歳で早逝。師の志ん朝も認め、談志も「もう少ししたらあいつの天下になる」とまで言った）

18歳にして２００席の十八番を持っていた。私は毎日毎日、この田島クンに差しで落語を教わった。半年もしない内に、「高田の落語はいい。間《ま》、テンポ、クスグリ（ギャグ）申し分ない、オレは正統派の落語をきわめるから、高田は爆笑を担当してくれよ。２人並べば鬼に金棒だ。ひと言、言わせてもらうと噺は落《さげ》まではいいんだが、噺全体に漂う江戸っ子の情とか機微が足りないんだよ」「キビ？　ダンゴでも喰うか」「とりあえず山本周五郎を全部読め。人間の機微というものが分かるから」と18歳の男から人生の機微について教えられた。その日から私は毎日毎日落語全集と山周ばかり読んでいた変な学生だった。

江古田にも学生運動の波が。ロックアウトした校内にヘルメットで踏みとどまる者、これを機に大学を辞めて故郷に帰る者。季節のない学生生活、私はただひたすら「さぶ」を「赤ひげ診療譚」を「青べか物語」を……なにしろ山周を読んだが、中に現代劇なのに胸にすっとつきささるものを感じた小説があった。

「季節のない街」だ。これが田島の言う「人生の機微」なのか。貧しい街なのにどこか美しい小さな心がある。この日から私の落語も情感あふるるものになった。(気がする)

大学を出た1970年、衝撃が3メートル位走った。なんとあの黒澤明監督が、私しか見つけていないと思われた「季節のない街」を原作として『どですかでん』を撮るという。黒澤の頭の中も、オレと大して違わないと当時は思った。見ると「伴淳三郎」が良くて、当時〝てんぷくトリオ〟としてTVでコントしか見せなかった「三波伸介」がいい芝居をしているのだ。きっと三波も機微を覚えたに違いない。いつかきっと三波伸介と仕事をしてみたいと思っていたが、10年もしない内に私は三波伸介の座付き作家として、亡くなるまで沢山のバラエティを作っていた。三波さんも日芸の先輩だったので、ことのほか可愛がってくれた。

それから40年以上過ぎてまた衝撃が走った。クドカンが「季節のない街」をドラマ化するという。(オレのOKを取らないままに。ン?)

その昔、鼻水垂らしたコント小僧が、仙台の放送局に毎週ネタを持って私の前に来ていた男が、である。私に憧れ「日芸」に入り「憧れています」と言っていたのが、いつの頃か立場を逆転し「クドウ先生」と「オイッ高田、機微が足りない」である。

10年以上も前。大谷より早く憧れるのをやめたクドカン。いい噺を作ってくれてありがとう。私はこの「季節のない人生」をクドカン、三波伸介、田島クン。日芸の先輩と後輩と同期のあいだを〝機微〟を探しながら「どですかでん　どですかでん」とレールも無い電車を走らせてゆく。

「季節のない街」ドラマスタッフ

企画・監督・脚本：宮藤官九郎

監督：横浜聡子 渡辺直樹

音楽：大友良英

撮影：近藤龍人

美術：三ツ松けいこ

照明：尾下栄治

編集：宮島竜治　山田佑介

録音：山本タカアキ

衣裳：伊賀大介　立花文乃

ヘアメイク：寺沢ルミ

助監督：張元香織　滝野弘仁

制作担当：金子堅太郎

チーフプロデューサー：濱谷晃一（テレビ東京）

プロデューサー：山本晃久（ウォルト・ディズニー・ジャパン）
長坂まき子（大人計画）
半田 健（オフィスアッシュ）

企画協力：ウォルト・ディズニー・ジャパン

制作協力：オフィスアッシュ

製作著作：テレビ東京

「季節のない街 シナリオ」ブックスタッフ

ブックデザイン：tokono

編集協力：magbug

企画・編集：松山加珠子

宮藤官九郎 | くどうかんくろう

1970年7月19日、宮城県出身。'91年より大人計画に参加。脚本家として01年に映画『GO』で第25回日本アカデミー賞最優秀脚本賞、舞台『鈍獣』にて第49回岸田國士戯曲賞、ドラマ「ゆとりですがなにか」にて第67回芸術選奨文部科学大臣賞など受賞歴多数。05年に映画監督デビュー作『真夜中の弥次さん喜多さん』にて新藤兼人賞金賞受賞。また、俳優としてドラマ「カルテット」や映画『こんにちは、母さん』に出演する他、ＴＢＳラジオ『宮藤さんに言ってもしょうがないんですけど』ではラジオパーソナリティを務めるなど、幅広く活動。近年の脚本作にNetflixシリーズ『離婚しようよ』(大石静共同脚本)、映画『1秒先の彼』、『ゆとりですがなにかインターナショナル』、ドラマ「不適切にもほどがある！」など。

横浜聡子 | よこはまさとこ

映画監督。大学卒業後、一般企業に就職したのち、映画美学校入学。卒業制作の『ちえみちゃんとこっくんぱっちょ』が評価され、中編第1作『ジャーマン＋雨』で2007年度日本映画監督協会新人賞を受賞。2009年、『ウルトラミラクルラブストーリー』で商業映画デビュー。近年は「バイプレイヤーズ」「有村架純の撮休」などテレビドラマも演出。2021年、地元の青森を舞台にした映画『いとみち』が公開、山路ふみ子映画賞文化賞他、数々の映画賞を受賞。

渡辺直樹 | わたなべなおき

静岡県浜松市出身。河瀬直美監督作品『殯の森』からキャリアをスタートさせ、以降、数多くの映画/ドラマ制作に携わる。監督補・助監督を務めた主な映画作品に、濱口竜介監督『ドライブ・マイ・カー』、山戸結希監督『溺れるナイフ』、山下敦弘監督『オーバーフェンス』、石井裕也監督『川の底からこんにちは』など。宮藤官九郎脚本のNHK連続テレビ小説「あまちゃん」、大河ドラマ「いだてん～東京オリムピック噺～」においては企画の立ち上げから参加。膨大なリサーチ、取材、交渉も受け持ち、「いだてん」39話「懐かしの満州」の回では演出を担当した。

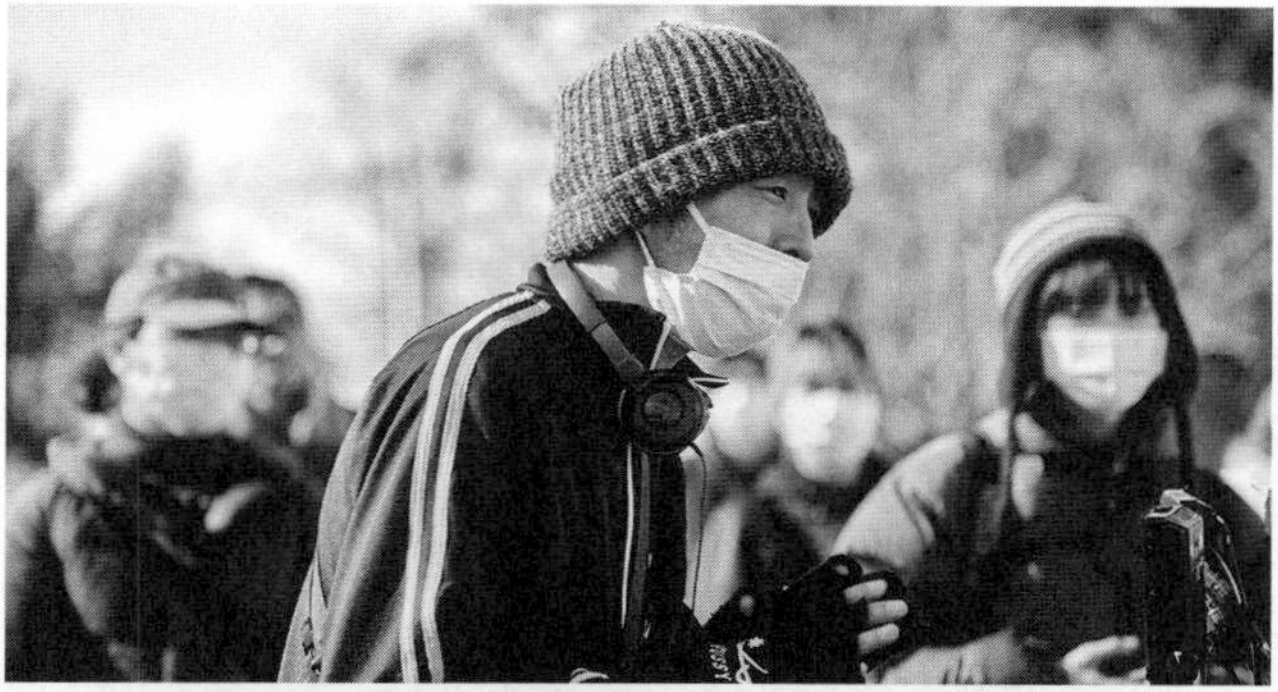

本書は2024年4月5日よりテレビ東京【ドラマ25】で放送される連続ドラマ「季節のない街」(2023年8月13日よりディズニープラス「スター」で全10話一挙独占配信中)のシナリオをまとめたものです。放送・配信されたものとは異なる場合がございます。ご了承ください。

季節のない街 シナリオ

2024年4月5日 初版発行

著 者 宮藤官九郎

発行者 山下直久

編集長 藤田明子

編集部 ホビー書籍編集部

発 行 株式会社KADOKAWA

〒102-8177 東京都千代田区富士見2-13-3

電話:0570-002-301(ナビダイヤル)

印刷・製本 図書印刷株式会社

[お問い合わせ]

https://www.kadokawa.co.jp/ (「お問い合わせ」へお進みください)

※内容によっては、お答えできない場合があります。

※サポートは日本国内のみとさせていただきます。

※Japanese text only

定価はカバーに表示してあります。

Printed in Japan

ISBN 978-4-04-737888-9 C0093